KB082371

김이재 소설집

※ 이 책은 강원도, 강원문화재단 후원으로 발간되었습니다.
※ 한국문화예술위원회의 후원을 받아 토지문화관에서 창작한 작품입니다.

김이재 소설집

乙의 반격

2019년 12월 31일 제1판 제1쇄 발행

지은이   김이재
펴낸이   강봉구

펴낸곳   작은숲출판사
등록번호   제406-2013-000081호
주소   10880 경기도 파주시 신촌로 21-30(신촌동)
전화   070-4067-8560
팩스   0505-499-8560
홈페이지   http://cafe.daum.net/littlef2010
이메일   littlef2010@daum.net

ⓒ 김이재

ISBN 979-11-6035-081-4 03810
값은 뒤표지에 있습니다.

김이재 소설집

ㄴ의 반격

작은숲

차례

위대한 탈출 8

디오니소스의 강림 32

금지된 단어 58

발상의 전환 84

이상한 시츄에이션 110

도서관 탐험기 128

을의 반격 158

작가의 말 178

위대한 탈출

2

전투지휘훈련 임무 수행을 위해 연대에 파견된 나는 점심 식사를 마치고 야외 휴게실에 앉아 있었다. 그러다 우연히 동원과장을 만났다. 그는 겉과 속이 다른 야비한 인간의 전형이었다. 두툼한 얼굴 탓에 언뜻 보면 호인이다. 허나 이마에 선명한 두 줄 주름과 깊게 파인 법령이 고약한 인상을 풍겼다. 그는 짝다리를 짚은 채 담배 연기를 길게 내뿜고서 빈정대듯 말했다.

"속보 하나 알려줄까? 군단 보안감사팀, 너희 대대로 간대. 뜻밖의 일이 벌어져서 얼마나 걱정됐는지 연대장님이 너희 대대장한테 직접 전화까지 했다고 하더라. 전혀 이상 없다면서 오히려 안심시켜 드렸다던데?"

연대 본부를 훑은 다음 가까운 1대대나 3대대에 가는 게 통상적인 관례였다. 불길한 기운이 엄습했다. 연대에 발이 묶인 터라 딱히 어찌할 방도가 없었다.

전투지휘훈련장으로 향했다. 처음 훈련에 참가한 병사들에게 가상 전투 프로그램을 교육했다. 갑자기 대대장으로부터 전화가 걸려왔다. 여느 때와 달리 매우 차분한 목소리였다.

"5중대장, 대침투작전 표지에 적힌 관리번호 있잖아. 그게 관리대장에 적힌 거랑 다르던데 혹시 왜 그런지 아나?"

"잘 모르겠습니다."

"그래? 알았어."

몇 분 지나지 않아 대대장으로부터 다시 전화가 걸려왔다.

"5중대장, 진지 이력카드에 관리번호가 안 적혀있던데 왜 그런지 아나?"

"아, 그거 말입니까? 그 비문은 작전 계획 인수인계 차원에서 미리 56사단에 보낸 건데 거기서 회송된 비문이라서 관리번호 안 적어 놓은 겁니다."

나는 이어서 자세한 내막을 설명하려 했다. 그러나 대대장은 그럴 틈을 주지 않았다.

"야, 5중대장! 지금 장난해? 씨발! 관리번호는 왜 니 맘대로 안 적는대! 야, 이 개새끼야! 너 때문에 지금 무슨 난리가 난 줄 알어, 인마!"

툭, 끊겨버린 전화는 잠시 후 연결됐다.

"야! 연대 지통실(지휘통제실)로 동원장교 곧 갈 거니까 너도 거기 가 있어. 둘 다 징계받든지 아니면 상의해서 하나만 징계받든지 니들 알아서 해!"

크게 한 방 얻어맞은 듯 정신이 아득했다. 1중대장에게 뒷일을 맡기고 연대 지통실로 무거운 발걸음을 옮겼다. 30분 정도 지났을까. 동원장교가 특유의 날카로운 눈매를 번뜩이며 모습을 드러냈다. 동원장교와 나는 작전과장과 함께 작전과로 들어섰다. 한바탕 꿈을 꾸고 있는 건가? 도무지 실감이 나지 않았다. 보안장교는 다짜고짜 둘 중에 누가 잘못했는지 실토하라고 엄포를 놓았다.

전송한 비문이 회송되면 관리번호를 적어야 한다. 이 원칙을 나는 지키지 않았다. 분명 잘못한 일이다. 하지만 나름의 사정이 있었다. 어차피 일부 사진을 교체해 다시 보내야 하는 비문이었고 56사단에서 새로운 관리번호를 매길 필요가 있었다. 동원장교에게 작전 업무를 인계할 적에 나는 이러한 사실을 일러줬었다. 차일피일 미루더니 제대로 걸렸다.

평소 동원장교와 나는 앙숙 관계였다. 같이 죽자는 식

으로 나올 것 같아 암담했다. 아니나 다를까 동원장교는 잘 모르겠다는 말만 되풀이했다. 결국 동원장교와 나는 사이좋게 나란히 앉아서 보안위규서를 작성했다. 만약 보안장교가 단순한 행정 미숙으로 판단했다면 충분히 구두경고로 끝날 수 있는 사안이었다. 아무리 봐도 처음부터 단단히 벼른 듯했다. 이래서 보안감사는 '귀에 걸면 귀걸이, 코에 걸면 코걸이'라 했다.

동원장교가 뒤늦게 푹 가라앉은 목소리로 말했다.

"제가 인수인계를 받았기 때문에 제가 잘못했습니다."

작전과장이 조심스레 한마디 거들었다.

"둘은 좀 그렇고 한 사람만 책임지면 안 되겠습니까?"

보안장교는 피식 콧방귀를 끼었다. 버스는 이미 저 멀리 떠난 상태였다.

동원장교와 나는 대대로 복귀했다. 행정반 여기저기에 비문들이 널브러져 있었고 대대 간부들은 저마다 하나씩 비문을 들고서 지적사항을 수정하느라 여념이 없었다. 어찌 된 영문인지 대대장이 보이지 않았다. 포반장이 슬쩍 와서 귀띔했다.

"행정병들이랑 완전군장 구보하러 갔습니다. 보안감사를 엉망으로 치른 이유가 행정병들의 해이해진 정신 탓도 있다면서……"

한 시간 반가량 완전군장 구보를 하고 돌아온 대대장은 동원장교와 나를 대대장실로 불러들였다. 작전장교를 겸직하며 나름 고생한 동원장교를 대대장이 함부로 나무랄 순 없었다. 주요 타겟은 바로 나였다. 대대장은 해명할 기회조차 주지 않고 벼랑 끝으로 내몰았다.

"니가 잘못한 거야. 알아? 굳이 따지자면 동원장교도 잘못했지만 애초에 빌미를 제공한 건 너잖아!"

동원장교에게 작전 업무를 인계했음에도 불구하고 대대장은 내게 작전 업무의 일부를 일임해왔다. 때론 불만이 컸지만 내색 없이 묵묵히 일했다. 내 딴에는 이런 행동이 대대장에게 신뢰를 주고 있다고 생각했다. 그야말로 엄청난 착각이었다. 이 정도로 안하무인인 줄은 미처 몰랐다.

"단도직입적으로 말하자면, 너희 대대장은 멍청하고 무식해."

동원과장이 언젠가 내게 무심코 했던 말이 이제야 수긍이 갔다. 보안감사를 위해 아무것도 한 게 없으면서, 무엇 하나 지시한 게 없으면서 부하들만 족치니 영 못마땅했다.

대대장은 실실 비웃으며 말을 이었다.

"이제 어떡할 거냐? 2년 뒤에 보안위규서는 말소되겠지만 그게 문제가 아닐 건데? 앞으로 군 생활 어떻게 할래?"

이튿날 아침 회의 시간에 대대장의 묵직한 명령이 떨어졌다.

"지적사항에 대한 보완을 끝내기 전까지 퇴근할 생각은 꿈도 꾸지 마!"

뭔가 돌파구를 마련해야 했다. 정보과장을 통해 알아본 결과, 보안장교는 학군 35기였다. 후배임을 강조하며 한 번만 봐달라고 사정했지만 씨도 먹히지 않았다. 군단 작전처에 근무하는 동기한테 도움을 청했으나 역부족이었다. 연대 징계위원회 위원장으로 선임된 동원과장에게 마지막 희망을 걸어보는 수밖에 없었다. 아무리 그래도 같은 식구니까 선처할 가능성이 있었다.

연대 징계위원회 심의가 열리자 동원과장은 예상을 뒤엎고 매우 불리한 의견을 내세웠다.

"동원훈련을 전담하고 있어서 그런지 2대대는 보안이 허술했어. 빵점에 가까웠지."

동원장교와 나의 얼굴은 화석처럼 굳어버렸다.

심의 결과는 '견책'이었다. 고군반 시절, 육사 출신이 아니면 받기 힘든 성적 우수상을 받았을 때 동기가 해준 말이 떠올랐다.

"이야, 제일 먼저 대령 달겠는데?"

최고의 찬사가 이제는 한없이 덧없게 느껴졌다.

늦은 밤, 동원장교와 나는 짬을 내 근처 호프집에 가기로 했다. 동원장교의 차를 타고 위병소를 통과해 탁 트인 도로로 접어들었다. 콘솔박스 위에 놓인 휴대폰의 진동음이 요란하게 울렸다. 대대장이었다. 동원장교는 대대장과 몇 마디 나누다가 별안간 날카롭게 쏘아붙였다.

"제가 전화했을 때 대대장님도 안 받는 경우 많지 않습니까!"

순간 정적이 흘렀다. 동원장교는 말없이 내게 휴대폰을 건넸다. 술에 잔뜩 취했는지 대대장은 혀 꼬부라진 목소리로 말했다.

"주둔지 경계랑 작계(작전계획) 보완사항 있잖아. 기무부대 권 상사한테 메일로 보내. 알았어?"

"주둔지 경계 보완사항은 알겠는데 작계 보완사항은 잘 모르겠습니다. 들어본 적도 없고……."

"야, 이 새끼야. 내 말 똑바로 들어. 너 인마, 동원장교처럼 단기(단기 복무자)냐? 장기(장기 복무자) 아냐? 단기랑 똑같이 행동하지 말라고! 알았어? 당장 권 상사한테 자료 보내!"

군단 보안감사 때 보안위규서를 작성한 이는 두 명이 아니라 세 명이었다. 작전과장을 보좌하는 작전장교가 포함

돼 있었다. 소리 소문 없이 그는 최종 징계 명단에서 빠졌다. 작전과장이 군단 정보처에 있는 지인에게 연락해 사전에 손을 쓴 것이다. 이 사실을 폭로하며 응수하고 싶은 마음이 굴뚝같았지만 가까스로 참았다.

별수 없이 동원장교와 나는 대대로 복귀했다. 동원 막사 뒤편 벤치에 앉아 울분 섞인 말을 주고받았다.

대대장이 시킨 일을 요령껏 처리한 뒤 동원장교와 나는 다시 밖으로 나섰다. 호프집은 꽤 고급스러웠다. 동원장교는 허심탄회하게 속내를 털어놨다.

"내 코가 석 자라서 말이지, 혼자서 모든 걸 책임질 순 없었어. 난 말야, 예전에 징계받은 적이 있어. 이번 일까지 누적되면 현역 부적합 대상자로 분류될 수 있어. 최악의 경우, 불명예 전역을 당할 수 있단 얘기야. 무슨 말인지 알지?"

동원장교는 생맥주 한 모금을 죽 들이켰다. 주먹으로 탁자를 있는 힘껏 내리치며 넋두리 같은 혼잣말을 내뱉었다.

"아, 씹새끼! 생각 같아서는 확 그냥……."

뜬금없이 동원과장으로부터 전화가 왔다. 받기 싫었지만 후폭풍이 두려워 얼른 밖으로 나가서 받았다.

"음, 너희들 징계 끝나고 나니깐 아예 전화 한 통화 없더라. 이젠 내가 필요 없어졌나 보지? 야, 내가 분명히 말하는데 너희들 그러면 안 된다. 아냐?"

뭐 이런 인간이 다 있지? 머리에 똥만 찼나?

"아닙니다. 기분이 울적해서 잠깐 술 마시러 나왔습니다."

"야, 그러지 마라. 아까 징계 심의 때 왜 내가 안 좋은 얘기 한지 모르지? 뭐, 너희들이 알 턱이 있겠냐? 내가 너희 대대 대대장이었잖아. 공석일 때 잠깐이긴 했지만. 남들 앞에서 챙겨준다는 오해가 생길까 봐 미리 단도리 친 거야. 5중대장, 내가 견책 안 주고 징계유예 줬다는 것만 알아둬라. 미심쩍으면 인사과 징계 결과서 나중에 한번 확인해봐."

"오햅니다. 아니죠. 저희가 그럴 까닭이 있겠습니까?"

"최종 결정은 연대장이 했어. 그 사람은 윗사람 눈치만 보는 겁쟁이야. 5중대장, 내가 담 주에 군단에 파견되면 감찰장교한테 얘기 잘 해볼게."

짜증만 늘어갈 뿐 일말의 위안도 되지 않았다.

통화를 끝내고 호프집에 들어서려는데 이번엔 대대장으로부터 연락이 왔다. 대대장의 혀끝에는 달콤한 꿀이 잔뜩 묻혀있었다. 인제 와서 위로의 말을 건네려고? 징계로 인한 충격 때문에 혹여나 사고 치지 않을까, 하는 노파심에서 비롯된 말에 불과하단 걸 나는 단박에 알아차렸다.

동원장교의 업무 능력이 미숙하다고 판단한 대대장은 6중대장에게 작전 업무의 일부인 보안 업무를 맡겼다. 대대에 있는 모든 비문을 관리하는 업무다. 그런데 한 가지 문제가 생겼다. 비문의 원본(비밀번호가 설정된 한글 파일) 두 개가 열리지 않는다는 걸 알게 된 6중대장이 즉시 대대장에게 보고해 버렸다. 대대장은 차가운 눈빛으로 동원장교와 나를 번갈아 응시했다. 내게 엄중한 어조로 물었다.

"너, 이거 알고 있었냐? 모르고 있었냐?"

나는 힘없이 고개를 떨궜다.

"야, 인마! 요 두 개, 니가 직접 다 타이핑해서 가져와!"

모든 죄를 내게 덮어씌우니 미칠 노릇이었다. 참다못해 한마디 던졌다.

"작전과 비문은 전부 이상 없이 열립니다."

대대장은 내 시선을 외면했다.

비문의 원본 두 개가 언제부터 열리지 않았는지 정확히 아는 이는 아무도 없었다. 대략 3년 전으로 추정하고 있다. 아마도 누군가 비밀번호를 바꾼 듯하다. 개선되지 않은 채 여러 사람 손을 거치다가 절묘한 타이밍에 시한폭

탄처럼 터진 것이다.

동원장교와 나는 막사 뒤로 향했다. 철책 너머에 있는 아련한 산을 멍하니 바라봤다. 동원장교가 담배 한 개비를 꺼내 불을 붙였다. 하얀 연기를 내뿜고서 나직하게 말했다.

"불난 집에 부채질하는 것도 아니고……. 너무들 하는구만. 씨발! 보고하기 전에 적어도 우리한테 상의할 수 있었잖아. 허 거참, 어디서 배워먹은 버릇인지 정말……. 한참 어린놈이 싸가지 없이……."

6중대장은 대대의 실권을 쥐고 있는 부사관들과 한통속이었다. 한 마디로 아쉬울 게 없었다.

동병상련의 마음은 얼마 가지 못했다. 동원장교를 향한 원망이 송곳처럼 삐죽 튀어나왔다. 애초에 보안장교에게 이실직고했다면 지옥의 문이 열리지 않았을 것이다. 은근한 신경전이 시작됐다.

원래 동원장교는 작전장교로 내정돼 있었다. 하지만 전임 대대장이 보직을 변경했다. 동원장교가 단기 복무자였기 때문이다. 덕분에 나는 작전장교 겸직을 계속할 수밖에 없었다. 이제 그만하나 싶었는데 애꿎은 피해를 보게된 셈이다. 웬만한 동원 업무는 행정보급관과 6소대장이 처리했기에 동원장교가 해야 할 업무는 별로 없었다. 고마워하기는커녕 맨날 뺀질대기나 하고 단 한 번도 나를 도와주지 않았다. 다행히 6개월 뒤에 중대장은 겸직하지 말라는 연대장 지시사항이 내려왔다.

원수는 외나무다리에서 만나는 법이다. 토요일 당직사관이 하필이면 동원장교였다. 동원장교는 대놓고 나를 투명인간 취급했다. 인계 사항을 묻는 말에 묵묵부답으로 일관했고 눈도 마주치지 않았다. 나는 행정반에 있는 병사들을 밖으로 내보냈다.

일대 소란이 소나기처럼 지나갔다. 동원장교와 나는 행정반 앞에 나란히 서서 연병장 쪽을 지그시 쳐다봤다. 동원장교가 말했다.

"야, 솔직히 말해서 애들 보기 쪽팔리지 않냐? 통신 소대장도 나한테 말하더라. 왜 그렇게 둘은 사이가 나쁘냐고. 아까는 내가 미안했다. 투명인간 취급하면 나라도 정말 짜증 났을 거야. 하지만 솔직히 얘기해서 난 니가 싫다."

뜨끔했다. 모든 게 부질없어 보였다.

일주일 뒤 인사과장이 어처구니없는 소식을 전했다.

"징계가 무효 처리됐어. 이번 심의에 참여한 정보과장 임관 날짜가 너보다 5개월 늦거든. 다시 말해 후배가 선배를 징계할 권한이 없다는 거야. 일단 사단에 항소를 제기해. 서류는 내가 만들 테니까."

항소가 받아들여지자 연대 징계위원회 2차 심의 날짜가 잡혔다. 정보과장이 넌지시 내게 고급 정보를 흘렸다.

"지금부터 하는 말은 너만 알고 있어. 얼마 전에 1차 심의 결과를 군단 정보처에 보고했어. 보안감사 후속처리가 완료된 거지. 굳이 윗선에서 재차 징계를 줄 까닭이 없어. 내가 연대장님을 최대한 설득해볼게. 잘하면 승산이 있을 것 같아. 징계 수위가 조금 과하지 않았냐는 동정 여론도 한몫할 거야."

불행 중 다행이었다. 약간의 기대감을 품고서 2차 심의에 참석했다.

2차 심의가 끝난 후 인사과장이 나를 막사 뒤편으로 불렀다. 잠깐 뜸을 들이더니 이내 말을 꺼냈다.

"또 견책 나왔어. 실은 연대장님이 징계유예 검토하라고 해서 알아봤지. 근데 말야, 감찰부에서 안 된대. 동원장교랑 징계 사유가 같은데 다른 징계를 주면 안 된다는 거야. 다른 방법이 있긴 한데 연대장님이 직접 사유서 써야 하고 절차가 까다로워. 나중에 문제 생기면 책임져야 하는 부담도 있고."

비겁한 변명에 지나지 않는다고 생각했다. 군단에서 연

대로 위임한 심의라서 연대장이 마음먹기에 따라 얼마든지 결과를 뒤집을 수 있었다. 신나게 놀아난 기분이 들었다.

연대 주간 회의를 마치고 돌아온 대대장은 급히 장교들을 소집했다. 대대장이 힘이 없어서 카바하지 못했다는 소문이 연대 내에 파다하게 퍼진 탓에 심기가 편치 않았기 때문이다. 미간을 잔뜩 찡그리며 범인을 취조하듯 내게 물었다.

"보안감사 관련해서 5중대장은 뭘 잘못했다고 생각하나?"

나는 착잡한 표정으로 답했다.

"행정 처리를 잘못했다고 생각합니다."

대대장은 자격지심이 들었던지 한참 설교하더니 격양된 목소리로 마무리를 지었다.

"누가 됐든 간에 나에 대해서 함부로 판단하지 말란 말이다!"

날렵한 화살이 가슴을 관통하는 것 같았다. 대대장을 저주하고 또 저주했다.

지프를 타고 퇴근하는 길에 대대장은 뒷좌석에 앉은 내게 물었다.

"니네 중대 이용석 병장 있잖아. 특급전사 포상 휴가

증 받았지?"

"아직 안 받았습니다."

"인사담당관한테 내가 휴가증 주라고 했는데?"

"확실히 안 받았습니다."

"진짜?"

"네. 안 받았습니다."

대대장은 운전병을 향해 버럭 소리를 내질렀다.

"차 돌려!"

지프가 행정반 앞에 당도하자 대대장은 잽싸게 내려 쾅 소리가 나도록 지프 문을 세게 닫았다. 두 주먹을 불끈 쥐고서 행정반 쪽으로 성큼성큼 걸어갔다. 당직사관인 인사담당관이 대대장에게 거수경례를 했다. 대대장은 행정반 의자에 앉아 물었다.

"어이, 인사담당관! 이용석이 말야. 지난번에 특급전사 포상 휴가증 안 줬어?"

"네. 그때 대대장님 휴가증이 없어서 못 줬습니다."

"용석이 오라고 해봐."

샤워실에서 급히 오느라 머리도 제대로 말리지 못한 용석이는 안 받았다고 사실대로 말했다. 여기서 사건이 종결되나 싶었는데 뭔가 분위기가 심상치 않았다. 대대장은 뻘쭘하게 서 있는 나를 바라보며 언성을 높였다.

"5중대장! 너는 그런 일이 있으면 나한테 보고를 해야지. 퇴근하고 있는데 뒤에서 쫑알쫑알! 대대장한테 지금 끝까지 아니라고 우기는 거냐! 씨발! 내가 착각했다!"

나는 고개를 떨군 채 말했다.

"죄송합니다."

대대장은 책상 위에 놓인 공문서를 쫙쫙 찢었고 키보드를 바닥에 내동댕이쳤다. 그리고선 씩씩거리며 나갔다. 나는 황급히 뒤따라가 지프 뒤에 실어둔 가방을 얼른 빼냈다. 지프에 시동이 걸렸다.

소름이 돋을 지경이었다. 마음을 진정시키려고 휴게실에 가서 책을 펼쳤다. 별 소용이 없었다. 생각 같아서는 당장 전활 걸어 내가 뭘 잘못했냐고 따지고 싶었다.

다음 날, 아침 회의 시간에 대대장은 임기응변의 중요성을 피력했다.

"아무리 맞는 말이라도 그렇지 윗사람에게 현장에서 바로 아니라고 말하면 큰 실례가 된다는 걸 모르나?"

나는 미리 준비한 대사를 읊었다.

"진심은 그게 아니었는데 죄송합니다."

"어제 퇴근길에 말야. 운전병도 그러더라. 5중대장이 왜 그렇게 무례하게 말했는지 이해가 안 된다고. 운전병이 이렇게 말할 정도면 정말 아니란 거지."

운전병을 따로 불러 혼쭐을 낼까 잠시 고민하다가 접었다. 항상 대대장의 비위를 맞춰야 하는 운전병 입장에선 선택의 여지가 없었을 것이다.

어느새 한 달이 훌쩍 지나갔다. 중대장을 대상으로 분기마다 시행하는 CAS(Close Air Support, 근접항공지원) 필기시험을 대비하기 위해 연대에서 주관하는 자율학습에 참여했다. 자율학습을 마치고 대대로 복귀해 일일 결산을 했다.

PX에서 의자에 앉아 책을 읽고 있는데 싸한 기운이 온몸을 휘감았다. 대대장이 떨떠름한 표정으로 나를 주시하고 있었다.

"뭐 하나?"

"아, 예. 예전에 읽고 싶었던 책 읽고 있습니다."

"시간이 남아도나 보지? CAS 평가 이상 없겠어?"

은근히 비꼬는 말투였다.

"일과 시간 내내 CAS 공부했습니다."

대대장은 내 대답이 채 끝나기도 전에 몸을 돌려 과자 진열장 쪽으로 걸어갔다.

이틀 전, 50사단에서 가깝게 지냈던 선배가 오랜만에 나를 찾아왔었다. 우리는 회포를 풀며 저녁 식사를 함께했다. 자연스레 그간의 일들을 알게 된 선배는 미간에 힘을 주며 말했다.

"분위기가 참……. 칼만 안 들었지 목에 칼 댄 거나 다름없네? 그건 말이야, 너희 대대장이 연대장하고 담판을 져서 너를 구해줬어야 했어."

그 말이 다시금 가슴에 주홍글씨처럼 새겨졌다.

중대한 결심을 해야 할 시기가 도래했음을 직감했다. 더는 물러설 곳이 없었다.

2주일 동안 심각하게 고민했다. 나는 깊은 늪 속으로 빠져드는 병든 개 한 마리와 다를 바 없었다. 때마침 감기몸살이 도졌고 잠을 제대로 이루지 못했다. 결국 내과에 가서 주사를 맞았다.

운명의 날이 밝았다. 한 치의 망설임 없이 대대장실로 차분히 들어섰다. 일반적으로 우선은 말리는 게 예의다. 대대장은 말리지 않았고 동정표를 날렸다.

"5중대장, 지못미다. 지켜주지 못해 미안하다."

인형처럼 방긋 웃으며 긍정을 표시해야 하는 나 자신이 참으로 애처로웠다. 하루라도 빨리 이 거대한 동물원에서 탈출하길 간절히 소원했다.

석 달 후 이른 아침, 사제담당관으로부터 연락이 왔다.

"전역 신고, 한 시간 앞으로 땡겨도 되겠습니까?"

"안됩니다. 그러면 대대 신고를 못 합니다."

"연대에서 먼저 신고하고 그다음 대대에서 신고하면 되지 않겠습니까?"

"오후에 라섹 시술이 예약돼 있어요. 시간이 모자랍니다."

"연대장님이 아침 회의 전에 신고하라고 지시하셨는데요."

"그러면 어쩔 수 없죠. 알겠습니다."

답은 뻔히 정해져 있는데 구태여 질문한 의도가 뭐지? 상당히 불쾌했다. 가뜩이나 어수선한 마음에 기름을 부은 격이다.

가식일지언정 전역 신고만큼은 대대장에게 정식으로 할 심산이었다. 예정된 일정이 뒤틀리자 차 한 잔 마실 시간조차 빠듯했다. 짧은 대화를 나누던 중 대대장은 대뜸 질문했다.

"마지막으로 나한테 하고 싶은 말 있냐?"

이 세상에 하고픈 말을 다 하고 사는 사람이 과연 몇이나 될까? 주저 없이 곧바로 없다고 말했다. 일순간 대대장의 눈빛이 미세하게 흔들렸다. 원망하고 있었단 걸 눈치채고 있었나? 간부들의 비리를 고발하길 원했던 걸까? 의구심을 떨치지 못한 채 신고를 마쳤다. 서둘러 7중대장의 차를 타고 연대로 출발했다.

출근길 북새통 탓에 십여 분 정도 늦고 말았다. 사제담
당관은 뾰로통한 표정으로 나를 맞이했다. 옆으로 쫙 찢
어진 매서운 눈매가 영악한 여우를 연상케 했다.

"회의가 끝난 뒤에 바로 신고할 겁니다."

"잠깐 사단 좀 다녀올게요. 군 경력증명서 받아야 하
거든요."

최소 20분 여유가 생겼으니 문제 될 게 없다고 판단했
다.

보임장교 허락 하에 군 경력증명서를 복사했다. 7중대
장에게서 전화가 왔다.

"중대장님, 인사과에서 지금 당장 오시랍니다. 회의가
생각보다 일찍 끝났습니다."

허겁지겁 인사과로 달려갔다. 작전장교가 팔짱을 낀 채
마뜩잖은 얼굴로 우두커니 서 있었다. 휴가 중인 인사과
장의 업무를 대신 봐주러 나온 것 같았다. 나를 위아래로
훑어보며 비웃듯 말했다.

"너, 나보다 늦었다."

"원래 작전장교님보다 먼저 와 있었습니다. 잠깐 서류
받으러 사단 갔다 온 겁니다."

"야, 근데 말 그따위로밖에 못하냐? 너 전역하는 날까

지……."

상대방 기분을 무시하고 계급으로 누르려는 심보는 여전했다. 그렇다면 평소에 내가 무슨 큰 죄라도 지었단 말인가? 당신은 얼마나 똑바로 군 생활 하길래……. 쓰레기만 내뱉는, 그놈의 시궁창 같은 입 때문에 사방이 적이라는 거 내가 모를 줄 알고? 울화가 치밀었다.

"제가 뭘 잘못했습니까? 사제담당관에게 말하고 다녀온 거 아닙니까?"

"뭐, 인마? 그건 니 사적인 일로 다녀온 거잖아!"

"아니, 왜 그게 사적인 일입니까? 전역할 때 군 경력증명서 받는 거 당연한 거 아닙니까? 전역증처럼 이것도 반드시 받아야 하는 서류입니다. 취업하려면 필요하지 않습니까?"

작전장교는 혀를 차며 음침하게 나를 노려봤다. '가재는 게 편'이라고 사제담당관이 가세했다.

"제가 회의 끝나면 바로 신고한다고 말했잖아요!"

연대장에게 확 불어버릴까? 본때를 보여줘? 불미스러운 일로 전역하는 만큼 조용히 사라지는 게 여러모로 속 편할 것 같았다. 혹여 말한다 한들 먹힌다는 보장이 없었다.

전역하는 날이란 걸 고려한 건지 아니면 자신의 험담을

연대장에게 늘어놓을까 봐 염려한 건지 작전장교는 내게 사과하며 극적인 반전을 시도했다. 진심이 털끝만치도 느껴지지 않았지만 무거운 분위기가 다소 완화됐다. 작전장교와 나는 어색하게 전역 신고 예행연습을 했다.

거수경례를 하고 전역과 관련된 사항을 육하원칙에 의거해 읊은 다음 연대장과 차를 마시며 의례적인 대화를 나눴다. 연대장의 무덤덤한 표정은 이렇게 말하는 듯했다.

"너의 과오로 인해 너 스스로 결정해서 전역하는 거야. 나 때문에 그런 게 아니야. 나는 절차대로 해야 할 일을 했을 뿐……."

만약 내가 무소불위의 권력을 행사하는 육사 출신이었다면 어땠을까? 과연 이런 상황이 벌어졌을까?

일전에 1대대장이 일러준 말을 상기했다.

"연대장님이 무슨 생각으로 그리하신 건지 도무지 알 수가 없어. 나는 그저 경고장이나 줄 거라 생각했지. 견책이 나올 거라곤 상상도 못 했어. 어렵고 힘들 때일수록 부하를 자기편으로 만들 생각을 해야지. 그렇게 하면 부하들이 따르려고 하겠냐? 불평만 하지?"

동서울로 가는 버스에 올라탔다. 작전장교가 했던 '전역하는 날까지'란 말이 여전히 가시처럼 목구멍에 걸려있었다. 눈 딱 감고 침과 함께 꿀꺽 삼켜버렸다.

어느덧 버스는 동서울에 도착했다. 도심 한복판의 공기
가 자못 싱그러웠다. 비로소 전역을 실감했다. 짜릿하고
홀가분한 기분이 마냥 좋았다.

디오니소스의 강림

전역한 지 한 달이 지났다. 으레 그렇듯 나는 도서관에서 책을 읽다가 늦은 저녁에 귀가해 엄마와 함께 TV를 보고 있었다. 아홉 시 뉴스가 끝나자 다른 채널로 돌려 연예 프로그램을 봤다. 문득 벽시계를 올려다보니 벌써 밤 열 시였다. 아빠는 아무리 늦어도 오후 여덟 시면 산책을 마치고 돌아오곤 했는데 그 시간이 훨씬 지나버린 것이다. 걱정돼서 누운 채로 엄마한테 말했다.

"왜 아빠 안 와?"

엄마는 시큰둥한 말투로 대답했다.

"에이, 내비 둬. 어디 가서 술 처먹고 있겠지."

별일 아니라 여기며 걱정을 접었다. 한참 재밌어지는 연예 프로그램에 푹 빠져들었다.

가까운 골목길에서 점점 더 또렷하게 들려오는 고성이 가슴을 철렁 내려앉게 했다. 나는 재빨리 상체를 일으켜 세웠다. 고성을 내지르는 사람은 다름 아닌 아빠였다. 아빠는 이주 전에 주사를 부린 적이 있었다. 앞으로 어떤 일이 벌어질지 불 보듯 뻔했다. 연거푸 민폐를 끼칠 순 없기에 황급히 대문을 열고 아빠에게 다가갔다. 아빠는 입에 담기 힘든 욕설을 마구 퍼붓고 있었다.

　"야, 이 씨부럴 년들아! 나한테 할 말 있으면 나와? 뒤에서 어쨌다고오, 저쨌다고오 말들이 많냐. 이 씨부럴 년들아!"

　"알았어, 아빠. 빨리 들어가게."

　나는 어린아이 달래듯 말하며 아빠 손을 잡아 집으로 이끌었다. 그러나 이십 년 가까이 노가다판에서 잔뼈가 굵은 아빠는 환갑이 지난 나이임에도 불구하고 쉽게 나를 뿌리치고 결국 일을 저질렀다. 옆집 대문 앞까지 잰걸음으로 달려가서 수차례 욕설을 퍼부었다. 지난번에는 집 안에서 욕을 해서 그나마 다행이었는데 이번엔 완전한 민폐였다. 나는 부리나케 쫓아가 아빠를 붙잡은 다음 집안으로 데리고 들어왔다. 거실문을 여는 와중에 아빠는 재차 내 손을 완강하게 뿌리쳤다. 대문을 있는 힘껏 발로 차며 고래고래 소리 질렀다.

"야, 이 씨발 년들아! 야, 이 개 같은 년들아! 할 말 있으면 히여? 할 말 있으면 나한테 히여? 나한테 하면 되지 꼭 뒤에서 어쨌다고오, 저쨌다고오 말들이 많냐아!"

나는 서너 번 말리다가 단념했다. 물끄러미 서서 아빠를 바라보기만 했다. 말린다고 될 일도 아니고 어느 정도 분이 풀리면 안으로 데리고 갈 심산이었다.

동네 사람 보기 부끄러운 아빠의 모습이었다. 한편으론 불쌍했다. 아빠는 동네 아줌마들이 뒤에서 자신을 욕한다면서 이렇게 한바탕 난리를 치고 있었다.

동네 아줌마들은 뒷집 툇마루에 옹기종기 모여 앉아 얘기를 나누곤 했다. 집들이 다닥다닥 붙어있어서 얘기가 마치 라디오 생방송처럼 잘 들렸다. 실지로 누군가 아빠 흉을 봤을지도 모른다. 하루는 엄마가 너무 폭폭한 나머지 누가 흉을 봤는지 따져 물었다. 다들 어이가 없다는 듯 그런 일은 절대 없다고 했다. 물론 제 잘못을 이실직고할 바보는 없을 것이다. 엄마는 아빠를 호되게 꾸짖었다. "뭐라 하는 사람이 아무도 없는데 혼자서 지랄 혀!" 평소 엄마는 워낙 활달한 성격인 데다가 동네 아줌마들에게 잘해서 친분이 두터웠다. 그래서 나는 동네 아줌마들이 흉을 볼 리 없다고 생각했다. 아니, 확신했다. 아빠가 오해했을 가능성이 높았다.

언뜻 케케묵은 사건 하나가 뇌리를 스쳤다. 비로소 대충 짐작이 갔다. 내가 고등학생일 때도 아빠는 주사를 부린 적이 있었다. 뒷집 할머니가 우리 집이 시끄럽다고 자꾸 흉을 봤기 때문이다. 뒷집 할머니가 돌아가신 후에도 아빠는 마치 피해망상증에 걸린 듯 술만 먹었다 하면 누군가 자꾸 흉을 본다며 분노를 표출했었다.

아빠는 예전 사건을 잊지 못하고 우려먹는 게 분명했다. 엄마 말을 빌리면 '몇십 년 지난 일도 다시 끄집어내서 지랄하는' 아빠의 습관이 발동한 것이다.

측은했던 아빠는 이제 망나니로밖에 여겨지지 않았다. 하지만 갈대처럼 마음이 흔들렸다. 한 번 더 엄마 말을 빌리자면 아빠는 '못나서 어디 가서 말 한마디 못하는' 사람이었기 때문이다. 착하고 바보 같으니까 남들이 얕보고 놀리는 경우가 허다했다. 이로 인해 억눌린 감정은 빙산의 일각만 드러낸 채 내면에 숨어 있다가 술과 만나면 거대한 본모습을 드러내곤 했다. 나는 이러한 속내를 간파하고 있었다. 이윽고 아빠의 상처는 고스란히 내게 전이됐다. 코끼리 발에 짓눌린 것마냥 가슴이 아렸다. 나를 모함했던 후임 4중대장과 연대 동원과장의 얼굴이 선명하게 떠올랐다. 나도 그들에게 항변 한 번 제대로 하지 못하고 열등감만 안으로 쌓아가며 괴로워했었다. 그 아픔이 생선

가시처럼 목에 걸려 도저히 넘어가질 않았다. 학교 폭력의 기억도 스멀스멀 되살아났다.

아빠는 대문을 수차례 발로 차며 또다시 입에 담기 힘든 욕설을 내뱉었다. 마찰음이 너무 커서 귀를 틀어막지 않을 수 없었다. 동네 사람들이 경찰에 신고하지 않은 게 천만다행이었다. 얼마 지났을까. 이만하면 분이 풀렸겠다 싶어 아빠를 부축해 거실로 데리고 갔다. 아빠의 옷깃에서 풍기는 시큰한 냄새가 코를 찔렀다. 술과 더불어 알 수 없는 무엇이 뒤섞인 냄새였다.

엄마는 화를 꾹꾹 눌러 참으며 가시 돋친 말투로 내게 말했다.

"밖에서 옷 벗고 들오라고 해! 냄새나니깐!"

아빠는 태연하게 상의와 바지를 벗기 시작했다. 그러다 취기 탓에 발로 바지 밑단을 밟아버리고 말았다. 러닝셔츠와 팬티 차림 그대로 엉덩방아를 찧으며 쓰러졌다. 정말 한심스럽기 그지없었다. 아빠를 일으켜 세운 뒤 안방으로 데려갔다. 아빠는 여전히 욕을 멈추지 않고 중얼거렸다. 늘 자던 자리를 용케 찾아 널브러지듯 대자로 드러누웠다.

엄마는 석상처럼 가만히 앉아서 아빠의 행동을 주시했다. 잠시 후 기다렸다는 듯이 파리채로 아빠를 후려치며 말했다.

"아니, 술을 먹으려면 곱게 처먹어야지! 누가 너보고 뭐라 그러긴 뭐라 그려? 아무 말도 안 하고만! 이 인간이, 진짜 미쳤어! 미쳤어! 아이고 내가 정말! 동네 창피해서 못 살겠네. 아, 이 인간아! 니가 이러면 아들 장가도 못가. 시집가면 여자 집에서 동네 소문 알아본단 말이여. 니가 아들 혼삿길 망칠래? 어?"

엄마는 감정을 실어 더 매섭게 파리채를 휘둘렀다. 술기운 탓인지 아빠는 아랑곳하지 않고 옆집 방향으로 성난 눈을 부라리며 혼잣말하듯 몇 차례 욕을 퍼부었다. 그럴수록 엄마의 파리채는 한결 매서워졌다. 너무 격했는지 이내 파리채가 부러졌다. 그제야 아픔을 느낀 아빠는 방향을 바꿔 엄마에게 고래고래 소리 질렀다.

"아프단 말이여. 아이 씨! 왜 근디야, 이 여자가!"

엄마는 지지 않았다. 파리채 대신 등 긁는 효자손을 움켜쥐었다.

"아, 긍게 이 인간아! 술 먹고 들어오면 곱게 잘 것이지! 뭔 짓이여! 뭔 짓!"

나는 아빠에게 조용히 하라고, 엄마한테는 그만하라고 말했다.

아빠가 갑자기 숨을 죽였다. 그러다 얼마 못 가서 발로 엄마 등을 가볍게 툭 하고 건드렸다.

"아니, 이 인간이 미쳤나? 어디다 대고 발길질이야, 발길질이!"

엄마는 불같이 화내며 효자손으로 아빠를 때렸다. 나는 아빠가 허공을 대문 삼아 발길질하다 실수한 게 아닌가 싶었다. 엄마에게 달래듯 말했다.

"실수로 잘못 찼겠지."

"아니! 이 인간이 나를 발로 찬 거라니깐!"

엄마는 노한 눈빛으로 나를 보며 대답했다. 나는 장성한 아들이 옆에 버젓이 있는데도 불구하고 발길질을 할 리는 없다고 생각했다. 헌데 엄마의 말이 사실임을 곧 알아차렸다. 아빠는 앞서와 달리 작정한 듯 묵직한 힘을 실어 발길질을 했다. 기어들어 가는 목소리로 엄마에게 말했다.

"아니, 버스 정류장에서 그 사람이 나한테 너그 여편네랑…… 했다고 하더만……."

엄마는 화들짝 놀라며 아빠 쪽으로 몸을 돌렸다. 날쌔게 일어서서 외투를 챙겨 입고선 아빠에게 말했다.

"아니, 이 미친놈이! 아들 앞에서 할 말이 따로 있지. 그 사람이 누구여? 그래, 오늘 완전히 뿌리를 뽑아야지. 정말 안 되겠구만. 그래, 가자! 가! 그 새끼, 말한 새끼 어딨어? 어디? 빨리 옷 입어. 입으라고!"

엄마는 당장 밖으로 나갈 기세였다. 아빠의 얼굴엔 어리둥절한 표정이 만연했다. 적잖이 당황한 모양이다. 여태껏 술 취한 척 연기한 게 아닌지 의심이 들었다. 아빠는 옆으로 드러누운 채 옴짝달싹하지 않았다.

'이번 기회에 아빠의 악습을 뿌리째 뽑아야겠다!'

나는 속으로 다짐했다. 엄마 못지않게 화를 내며 아빠에게 옷을 입으라고 보챘다. 외출복으로 갈아입고서 나갈 채비를 했다. 아빠를 거실로 끌어내기 위해 팔을 잡아당겼다. 아빠는 완고히 거부했다. 미간을 잔뜩 찌푸리며 욕을 했다.

"여편네가 밖에서 어떻게 했으면, 그런 말이 나와! 미친년! 나쁜 년!"

야밤에 아빠가 말한 그 사람을 찾아간다는 건 어불성설이다. 나는 엄마의 화를 누그러뜨리기 위해 분연히 일어난 것이다. 아빠의 섬뜩한 눈빛은 사악한 악귀의 그것과 같았다. 순하고 조용조용한 평소의 모습을 전혀 찾아볼 수 없었다. 막무가내인 아빠를 일으켜 세우려고 안간힘을 썼다. 엄마가 나를 거들어줬다.

"야! 아들 미치기 전에 빨리 일어나, 인간아!"

지금의 나는 아빠가 술 먹고 행패를 부리면 귀를 틀어막고 이불을 둘러쓴 채 숨죽이던 어릴 적의 내가 아니다. 장성해 군대에 다녀왔고 힘 면에서 아빠를 능가한다. 아까만 해도 가득했던 연민은 사그리 사라졌다. 영화 '똥파리'에서 부친을 무참히 때린 패륜아는 영화 속에서만 존재하는 게 아니다. 평범한 일상을 송두리째 뒤엎은 이 비극적 상황을 도저히 감내할 수 없었다. 진저리가 났고 아빠가 너무나 못나 보였다. 몸이 서서히 굳어지면서 주먹에 힘이 바짝 들어갔다. 버럭 고함을 내질렀다.

"나오라고오!"

무엇에 홀린 것 같이 아빠의 두 팔을 잡고 질질 끌어서 거실까지 갔다. 아빠는 쌀쌀맞게 응수했다.

"아니, 이 새끼가, 왜 그런데?"

나와 엄마는 아빠에게 강제로 옷을 입히려 했다. 윗옷은 가까스로 입혔지만 모질게 저항하는 바람에 바지는 입힐 수가 없었다. 별안간 내 몸에서 주체할 수 없는 괴력이 뿜어져 나왔다. 아빠의 두 팔을 잡고 거실부터 대문 앞까지 질질 끌고 갔다. 아빠는 팬티 차림 그대로였다. 나는 짐승이 울부짖듯 괴성을 내뱉었다.

"빨리 가자고오!"

아빠는 그 사악한 악귀의 눈빛으로 나를 노려보며 계속 욕을 했다. 뒤따라 나온 엄마가 아빠에게 바지를 던졌다. 아빠는 그제야 스스로 바지를 주섬주섬 입더니 속삭이듯 말을 꺼냈다.

"그려, 가자."

나는 아빠를 앞장세워 걸었다. 엄마는 내 뒤편에 서도록 했다. 혹시나 모를 아빠의 손찌검을 예방하기 위해서였다. 골목길을 빠져나오자 엄마는 아빠에게 빨리 어딘지 말하라고 다그쳤다. 아빠는 욕설과 고성을 멈추지 않았다. 한바탕 옥신각신하는데 행인 서너 명이 보였다. 정말 창피했다. 아빠에게 연신 조용히 하라고 했지만 소용이 없었다. 아빠는 앞에 보이는 식당을 가리키며 말했다.

"여그 식당에 자주 다니는 사람이 버스정류장에서 '나 너그 집사람이랑 했다'고 그러더만……."

아빠 말이 끝나기 무섭게 엄마가 맞받아쳤다.

"그러면, 그 사람한테 당장 따졌어야 할 것 아니여! 미친놈아! 오냐, 오늘 진짜 그 사람이 누군지 찾아가서 아주 그냥 끝장을 내자, 내!"

나는 머뭇거리는 아빠의 팔을 붙잡았다. 우리는 택시를 잡기 위해 도로 쪽으로 걸어갔다. 택시를 잡고서 아빠를 안으로 태우려는데 아빠는 술기운 탓인지 차 문에 팔을 탕, 하고 부딪쳤다. 깜짝 놀란 나는 택시 운전사의 눈치를 살폈다. 다행히 택시 운전사는 별말이 없었다.

엄마가 아빠에게 호통치듯 물었다.

"그 사람 있는 곳이 어디여?"

아빠는 어눌한 말투로 짧게 답했다.

"관통 도로."

택시 운전사가 백미러로 슬며시 아빠와 나를 쳐다봤다. 아빠는 택시 안에서도 욕을 멈추지 않았다. 나는 아빠의 입을 손으로 막으려 했다. 아빠는 매몰차게 거부했다. 엄마는 너무 미안한 나머지 택시 운전사에게 간단한 사정을 설명했다. 엄마와 나의 까맣게 타들어 가는 심정을 알 리 없는 운전사는 살짝 웃으며 말했다.

"아, 뭐 술 먹으면 그럴 수도 있죠. 참으세요."

얼마 지나지 않아 관통 도로에 도착했다. 엄마는 정확한 위치가 어디냐며 아빠를 추궁했다. 어찌 된 노릇인지 아빠는 묵묵부답으로 일관했다. 택시 운전사가 조급해하며 다른 손님을 모시러 가야 한다고 말했다. 일단 가까운 술집에서 내렸다.

"술 처먹고 참, 별꼴이다, 별꼴! 정읍 시내 사람들 창피하게 얼굴 다 팔리고 이게 뭔 짓이여, 뭔 짓! 참네……. 도대체 그 사람 있는 집이 어디야!"

엄마가 푸념하듯 말했다.

이쯤에서 결론이 났다. 둘 중 하나다. 아빠는 그 사람이 어디 사는지 모르거나 혹여 주소를 알더라도 용기가 없어서 찾아가지 못하는 게 틀림없다. 맥이 탁 풀렸다. 몇 차례 실랑이를 벌이다 엄마는 포기하고 말았다. 택시를 잡으려고 도로로 나섰다. 몇 분 후 생각을 고쳤는지 인도로 되돌아왔다. 택시비가 아깝다고 여긴 모양이다. 나는 집까지 걸어가기로 한 엄마의 결심을 알아챘다. 엄마와 나는 함께 걸었다. 아빠의 잔소리가 그림자처럼 뒤따라왔다.

"남들이 했다고 그러는데 나보고 어떻게 하란 말이여? 그 사람 찾아가는 게 중요한 게 아니잖여. 나보고 남들이 그러는데 어쩌란 말이여?"

이번에는 자못 애원조다. 엄마는 휙 뒤돌아서서 아빠를 질책했다. 내가 만류하자 다시 발걸음을 내디뎠다. 그러기를 두세 번 반복했다. 지쳐버린 엄마와 나는 한참을 말없이 걷고 또 걸었다. 아빠가 주문을 읊는 것처럼 원망 섞인 말을 하염없이 내뱉어도 아랑곳하지 않았다.

엄마는 참다못해 내게 하소연했다.

"지난번에는 어쩐 줄 아냐? 내가 선거 운동 많이 하다 보니 정읍에서 나를 모르는 사람이 없잖아? 종산리 큰 집 가는데 버스 기사가 나를 알아보고선 '어디 가쇼?' 하고 묻길래 내가 종산리 간다고 했지. 나중에 아빠가 집에 와선 어쩔 줄 아냐? 밖에서 행동을 어떻게 했길래 그러냐고! 참네, 병신이면 말이나 못 하지. 술만 먹으면 저렇게 나를 들들 볶아."

인도에 주차된 봉고차가 앞길을 막았다. 도로를 건널 수밖에 없었다. 차가 많이 다니는 구간이라 주의해야 했다. 무사히 인도로 접어드는 와중에 슬며시 뒤를 돌아봤다. 엄마는 내 의중을 정확히 짚어냈다.

"저런 인간은 죽지도 않는다. 아냐?"

아빠와의 간격이 점차 멀어졌다. 우측으로 이어지는 샛길이 보였다. 엄마와 나는 눈빛을 교환했고 쏜살같이 샛길로 빠졌다. 나는 백만 볼트 전기에 감전된 것마냥 찌릿했다. 비극이 희극으로 바뀌는, 기막힌 순간이었다. 한 차례 더 우측으로 꺾어 들어갔다. 아빠가 영영 뒤쫓아 오지 못하도록 미로를 만드는 중이었다. 엄마는 냅다 뛰기 시작했다. 나도 걸음에 속도를 붙였다. 엄마의 입가에 환한 미소가 번지고 있었다. 그 미소는 내게 금세 전염됐다.

"못 봤지?"

엄마가 나를 보며 물었다. 나는 고개를 끄덕였다.

엄마는 오줌이 마렵다고 했다. 구석진 곳에 쭈그리고 앉아 오줌을 누기 시작했다. 나는 엄마가 오강을 사용하는 걸 종종 보아온 터라 별로 어색하지 않았다. 좌우 골목길을 연신 쳐다보며 망을 봤다. 엄마와 나는 한참을 더 걸었다. 엄마는 잠시 쉬어 가자고 했다. 어느 집 앞 계단에 앉았다. 엄마는 얼마 전 무릎 연골 수술을 해서 무릎이 편치 않은 상태였다. 미처 헤아리지 못해 부끄러웠다.

한적한 여름밤, 가로등 하나가 잔잔한 불을 밝히며 우리 앞에 서 있었다. 넝쿨이 담을 타고 지붕까지 올라간 탓에 약간 스산해 보이는 집 한 채가 왼편에 있었고 차량 서너 대가 주차된 간이주차장이 오른편에 있었다. 선선한 바람이 머릿결을 스쳤다.

분위기 탓이었을까. 엄마는 마음의 빗장을 풀었다. 아빠에게 하지 못한 말들을 내게 쏟아냈다.

"예전에 있잖아. 아양동 살 적에 술 처먹고 들어온 아빠 피해서 내가 옥상에 숨었을 때, 너랑 누나 그 어린것을 나무 꼬챙이로 깨워서는 엄마 찾아오라고 한 거 너도 기억나지? 너 그때 깜짝 놀라서 그 후에도 몇 번이나 잠에서 깼잖아?"

"응."

"참네, 그 어린것을……. 거기 살 때 사십 대 결혼 못한 노총각들 많았거든. 어느 날은 노총각 중에 한 사람이 아빠를 한 대 때려서 코뼈 나간 거 너도 알지? 왜 때렸는지 나중에 물어보니까 '형수는 구루마 끌며 밤 열 시 넘도록 힘들게 커피 파는데 너는 맨날 술이나 처먹고 그런 형수 때리고 난리 치냐'면서 정신 차리라고 때렸단다. 참네, 아무리 그래도 내가 코뼈가 나가게 때리면 되냐고 말했지만……. 참, 그런 일도 있었다니깐."

팔과 얼굴 곳곳에 시퍼런 멍이 든 채 초등학교 앞에서 커피 장사를 하던 엄마의 모습이 떠올랐다. 잊고 있었던 기억이 되살아나자 아빠에 대한 증오감이 일었다.

"글고 저그 과자 공장 옆에 살 적에는 아이스크림 장사 끝나고 집에 돌아오니깐 내 어깨를 탁 치더라고. 왜 치냐고 하니깐 이쁘고 똑똑한 여편네는 사흘에 한 번은 때려야 도망 안 간다고 누가 말해줬다고 하더라. 아이고, 미친놈! 참네, 사람이 못났승게 맥없이 자꾸 그런다니까. 얕보고 놀리고……. 예전에 누가 나한테 일러주더만. 어떤 아저씨가 일 끝나고 집에 들어서는데 집 앞에서 어떤 아줌마가 그러더란다. '집사람이 어떤 남자랑 저그 모텔 같이 들어가는 거 누가 봤다고 하던데…….' 그니깐 그 아저씨가 어쩐 줄 아냐? 갑자기 그 아줌마 멱살을 탁 잡아채서는 그랬다는 거야. '야, 이 미친년아! 니가 모텔 가는 거 직접 눈으로 봤어? 한 번만 내 앞에서 그딴 말 했다가는 모가지를 팍 비틀어 버린다!' 어이구, 저 인간은 못나서 누구한테 말 한마디 제대로 못 하면서 나한테만 지랄

한다니깐! 누가 그런 말 하면 탁 멱살을 잡아채서는 따끔하게 혼내버렸어야지……."

멱살을 잡아채는 아저씨의 모습을 잠시 상상했다. 그런데 순식간에 마음속에서 역겨운 무언가가 튀어나왔다. 후임 4중대장과 연대 동원과장의 얼굴이었다. 특히 동원과장은 지금까지 내가 마주한 사람 중에 최고의 악인이었다.

"엄마, 나도 있잖아. 군대 있을 때 별 희한한 사람 많이 봤어. 남 말하기 좋아하고, 내 앞에선 이렇게 얘기하더니 남들 앞에서는 욕하고……. 정말 징글징글했지."

엄마가 맞장구를 쳤다.

"그려. 꼭 그런 놈 있다니깐. 그런 놈하고는 상종을 말어야 혀."

엄마의 대답을 들으니 그때의 감정이 더욱더 북받쳐 오르는 듯했다. 학창 시절 나를 괴롭혔던 녀석에 대해서도 말하고 싶었지만 차마 그럴 순 없었다. 판도라의 상자가 열리면 감당할 수 없기 때문이다.

엄마의 한풀이는 계속됐다.

"강원도 꼴짜기 살 적에는 어쩐 줄 아니? 보다 못한 옆집 아줌마가 나보고 아들은 큰집에 맡기고 딸만 데리고 서울로 가라고 하더라. 서울서 집 봐주면서 돈 벌 데 많

다고. '왜 그렇게 미련하게 힘들게 사시오. 얼굴도 이쁘고
젊으면서.' 그러더라. 내가 진짜 너랑 누나 아니었으면 진
작에 나갔다, 나갔어. 둘이 눈에 밟혀서 내가 못한 거지.
저런 못나고 멍청한 남편 만나서 내가 참……. 시골에서
정읍으로 나오니깐 일할 것도 없고 망막허더라고. 강원도
탄광 가면 뭐라도 먹고 살겠다 싶어서 간 거지. 강원도에
도착했는데 주소를 암만 찾아봐도 어디가 어딘지 모르겠
지, 해는 져서 어두워지지, 멍하니 앉아 있으니깐 어떤 할
아버지가 나를 보고선 묻더라. '어디서 오셨소?' '정읍에
서 살았는데 돈 벌려고 왔어요.' '그래, 방은 얻었소?' '사
글세 한 달 치 돈은 가지고 왔어요.' '그럼 나 따라 오쇼.'
알고 보니 할아버지는 시내에서 큰 가게를 하는 부자더
라고. 전라도가 고향이라고 하더만. 그래서 겨우 집 하나
얻었지. 당시는 내가 시집온 지 얼마 안 됐었거든. 아빠
가 탄광에서 일했지만 나도 뭐라도 해서 살림살이에 보태
려고 했어. 근데 아무리 찾아봐도 할 것이 고물장수밖에
없더라고. 젊은 아낙네가 길가에 울고 있으면 남들이 와
서 고물 놓고 가, 엿 주면 됐다고 하고……. 고물이 너
무 커서 들 수가 없었는데 어떤 아저씨가 고물상까지 들
어주더라. 하루는 너무 배가 고파서 가게에서 '빵 하고 우
유 좀 주쇼.' 했더니, 대학생 돼 보이는 젊은 주인이 '아줌

마, 점심은 꼬옥 챙겨 먹으쇼. 자식들은 이런 부모 맘 모르네요.' 그러더라. 어느 날은 아빠가 탄광에서 일하다가 돌이 어깨에 떨어져서 다쳤었거든. 근데 병원에 넣어주지를 않는 거야. 탄광 사무주임한테 찾아가서 얼마나 싸웠는지 몰라. 칠보에 계시는 큰 아빠가 어떻게 소식을 전해 들었는지 거기까지 찾아왔더라고. 큰 아빠 외가 쪽에 노동부 차관이 있었거든. 이름만 대면 누구나 알 법한 사람이었어. 그래서 결국에는 합의를 봤지. 일단 백만 원 준다면서 언능 합의서에 도장 찍으라고 해서 급하게 찍었지. 그땐 내가 잘 몰라서 그랬어. 지금 생각해보니깐 그 사무주임 놈이 돈 처먹었더라고. 서류에는 삼백만 원이라고 적혀있었거든……."

고등학교 때부터 종종 듣곤 했던 엄마의 레퍼토리에 자잘한 설명이 덧붙여져 있었다. 돌연 울컥했다. 쏟아지려는 눈물을 애써 참았다. 엄마의 눈은 토끼처럼 빨갛게 충혈돼 있었다.

"내장산에서 커피 장사할 적엔 말야. 내 맞은편에도 한 가족이 커피 장사하고 있었거든. 근데 나 땜에 장사 안된다고 허구헌 날 욕을 해대는 거여. 그래서 내가 어느 날은 연탄 찍개 들고 싸웠지. 그 가족 중에 등치 큰 남자 등짝을 때렸어. 한 대 더 때리려는데 그 남자가 휙 뒤돌아

서는 바람에 눈썹 위쪽을 모르고 찔러버렸어. 깜짝 놀라
서 부들부들 떨면서 서 있는데 그 남자가 상처 난 데를 자
기 손으로 마구 후벼 파더라고. 피가 질질 흐르더라. 거기
내장산은 젊은 순경들이 순찰하면서 많이 다니거든. 내
가 '사람을 다치게 했소. 내가 사람을 다치게 했소.' 하소
연해도 젊은 순경들은 어찌할 바를 모르더라고. 그 남자
가 잽싸게 뒤쫓아 오더니 미친년이라고 욕하면서 뒤통수
를 탁 후려쳤어. 깨구락지처럼 앞으로 푹 나자빠졌지. 완
전히 정신을 잃고 한참 동안 그렇게 엎드려 있었어. 포도
시 일어나긴 했는데……. 정말 엄마 그때 죽을 뻔했다. 진
짜……. 하루는 커피 장사하다가 버스를 놓쳐서 차를 얻
어 탄 적이 있었어. 내가 남자 둘이 탄 차를 불러 세워서 '
정읍 시내 중간에만 내려주쇼.' 부탁했지. 남자들이 '어디
에 아줌마 갖다 팔면 어쩌려고 태워달라고 하쇼?' 하고 묻
길래 '그럴 양반 아니고 좋게 생겼으니 그러죠.' 하니깐 웃
더라고. 내가 진짜 아직도 그분들 못 잊는다. 그때 우리
가 보건소 거그 살 때거든. 집에 세 살짜리 딸내미가 있
어서 꼭 들어가 봐야 한다고 말했지. 그 얘길 듣고서는 종
산리 쪽으로 가는 사람들이었는데도 일부러 시내까지 데
려다주고 가더라고. 완전 반대 방향인데 말이야. 정말 내
가 소설을 쓰면 여러 권 쓴다. 내가 너그 누나 데리고 저

그 마태실 고모한테 갔을 때 그때 가버렸어야 했는데, 서울로……. 그때 안 가서 계속 고생만 했네. 내가 울기도 참 많이 울었다……."

엄마는 설움이 복받치는 듯 더는 말을 잇지 못했다. 나는 코끝이 찡해졌다.

잠깐 정적이 흘렀다. 엄마의 울적한 표정이 점차 누그러지고 있었다. 나는 무심코 넝쿨이 우거진 집으로 시선을 옮겼다. 자녀를 모두 출가시키고 고즈넉하게 살아가는 어느 노부부의 집인 것 같았다.

"엄마, 저 집은 넝쿨이 너무 많이 올라갔네."

"그러게. 넝쿨 치면 좋을 것 같은데 말야."

엄마와 나는 지그시 넝쿨을 바라보았다. 엄마는 다시 말을 꺼냈다.

"나 진짜, 한 번만 더 아빠가 그러면 아무 병원에라도 갈란다. 아니면 애 보는 데 갈란다. 너 취업하면 정말 나는 어디라도 가서 혼자 조용히 살 거여. 요새는 늙어서도 이혼하는 사람 참 많다고 하더라. 그 뭐냐, 황혼이혼 말여."

엄마의 마음을 십분 이해하지만 심히 걱정됐다. 아무리 그래도 이혼이라는 말이 나올 줄은 몰랐다. 정말 아빠가 재차 똑같은 일을 저지른다면? 그땐 내가 직접 나서서 이혼을 추진할지도 모른다.

엄마는 앉은 채로 한쪽 엉덩이를 살짝 들어 올리더니 방구를 꼈다. 저녁때 먹은 빵 때문인지 덩달아 나도 방구가 나왔다. 심각한 대화 중에 감정과 무관하게 이기적인 신체적 반응이 나온 것이다. 터지려는 웃음을 겨우 참았다. 개그콘서트의 한 코너 '생활의 발견'이 생각났다. 다양한 음식점에서 이별을 맞는 연인의 모습을 해학적으로 묘사해 수많은 시청자의 사랑을 받았던 바로 그 코너.

엄마와 나는 내 취업 문제 그리고 엄마와 내가 이제껏 모은 목돈을 어떻게 재테크할 것인지에 대해 이런저런 얘기를 나눴다. 얘기가 한창 무르익을 즈음 한 아줌마가 우리 앞을 스쳐 지나갔다. 엄마가 말했다.

"노래방 가서 놀다가 인자 들어오는가 보지? 내가 아빠한테 TV도 보고 놀러도 다니면서 재미나게 살라고 맨날 얘기해도 별 소용이 없어. 무슨 재미로 사는지 원……. 노래방이나 갈까?"

시침이 자정에 근접해 있었다. 나는 그만 가자고 했다. 엄마를 부축해 일으켜 세웠다.

홀가분한 마음으로 골목길을 걸었다. 시내 뒷길로 접어들자 난데없이 오줌이 마려웠다. 외진 곳에 오줌을 누었다. 이번엔 엄마가 망을 봤다.

다시 길을 걷다가 불현듯 생각나는 게 있어서 엄마에게 물었다.

　"근데 아빠는 왜 근거여? 친구도 하나 없고……."

　엄마는 가던 길을 멈추고 조심스레 말했다.

　"어렸을 적엔 똑똑했다던데 커가면서 병신이 됐다지, 아마? 뭔 일이 있었나? 누가 쥐어박았나? 어쨌는지 원……. 형제가 많으면 잘난 놈도 있지만 걔 중에 꼭 못난 놈도 한 명씩은 있다고 하더라. 친구는 거 구시장 거지 있잖아. 꼭 거지하고만 놀아. 근데 거지도 아빠가 멍청하니깐 갖고 논다. '시청 수로원 끝나고 퇴직금 많이 받았지? 술 좀 사.' 이렇게 꼬드겨서 술 얻어먹고 그러잖아."

　"아빠가 참 못나긴 못났어."

　"한때는 아는 분이 시청 청원경찰 넣어준다고 했거든. 일단 오라고 해서 갔는데 말야. 사람이 모자라서 그런지 미안하지만 안 되겠다고 하더라."

　"근데 세 형제는 다 잘 살잖아?"

　"내가 홀어머니 죽고 혼자서 이 집 저 집 일하면서 돌아다니니깐, 한 아주머니가 그러면 깡패한테 욕보고 맞으면서 살 수 있으니 모자른 남편이라도 만나서 시집가서 살라고 하더라고. 그때만 해도 아빠 집안이 밭도 많고 잘 사는 편이라서 그것 때문에 시집을 갔지. 그런데 아빠 집안은 자식만 다섯인데 아빠 혼자만 못나서 밭도 별로 못 받았어. 그래도 못난 아빠 밑에서 아들딸 잘 키웠다며 고모가 나를 얼마나 칭찬하는지 몰라. 정말 대단하다고. 너 고모한테 잘해야 한다. 얼마 전에 전화 왔었어. 전역한 지얼마 안 됐다고 하니깐 한번 보자고 하더라. 니가 취업하면 만나 뵈러 간다고 해서 그렇게 전했더니 안 그래도 되니깐 얼굴이라도 보자고. 넌 왜 그런 고모 맘도 모르니?"

"에이, 때가 되면 다 만나지. 만약에 내가 전역 안 했으면 평생 못 봤을 수도 있는데, 뭘. 곧 찾아뵈면 되지."

핀잔을 주려던 엄마는 오히려 내 말에 수긍한 듯 피식 웃었다.

슬그머니 대문을 열고 집안으로 들어섰다. 아빠가 곤히 잠들어 있기를 바랐다. 그러나 아빠는 보이지 않았다. 나는 엄마에게 넌지시 물었다.

"나가봐야 되는 거 아녀?"

"됐어. 알아서 들어오겠지, 뭐."

엄마는 단호하게 말했다.

잠이 잘 오지 않아서 엄마와 나는 TV를 틀어 드라마를 시청했다. 십 분 정도 지났을까. 골목길에서 익숙한 인기척이 들려왔다. 아빠인 것 같았다. 급작스레 엄마는 TV를 끄라고 했다. TV가 꺼지자 절간처럼 적막해졌다. 엄마와 나는 동시에 숨을 죽였다. 창문을 두드리는 소리가 들렸다. 대문을 열어달라는 아빠의 신호다. 사실 열쇠는 대문 옆 우편함 안에 버젓이 놓여있었다. 열쇠 사용을 꺼리는, 아빠의 유별난 습성은 술에 취한 상태에서도 여전했다. 나는 TV를 끄기 직전 창문에서 새어 나온 TV 소리를 혹여나 아빠가 들은 건 아닌지 조마조마했다. 아빠는 대문 쪽으로 터벅터벅 걸어갔다. 못 들은 게 확실하다. 나는 아빠가 직접 열쇠로 대문을 열고 들어올 거라고 판단했다. 하지만 아빠의 인기척은 이내 사라졌다.

"가서 문 열어주고 와라."

엄마는 체념한 듯 내게 말했다. 나는 대문을 열고 좌우를 살폈다. 아빠의 모습은 보이지 않았다. 아빠는 골목길에서 큰길 쪽으로 나간 것 같았다. 잰걸음으로 뒤쫓아 가서 아빠를 불렀다. 내 목소리를 알아차린 아빠는 발길을 돌렸다. 안도하는 기색이 역력했다.

"엄마랑 너랑 어디 도망간 줄 알았네."

꼬리를 내린 채 항복을 선언하는 아빠의 모습을 보고 있자니 어이가 없었다. 한편으론 다행이다 싶었다. 아빠는 꽤 먼 길을 걸어서 그런지 술이 거의 다 깬 것 같았다.

집에 들어선 아빠는 말썽 피운 어린애가 용서를 구하듯 얼굴에 비굴한 미소를 잔뜩 품었다. 사악한 악귀처럼 성난 눈빛은 오간 데 없었다. 엄마의 효자손은 이런 아빠를 용서치 않았다. 호된 복귀 신고식이 거행된 것이다. 아빠는 때리지 말라고 하소연했다. 뜻대로 안 되자 급기야 엄마의 두 손을 덥석 붙잡았다. 엄마는 아빠에게 쐐기를 박듯 말했다.

"어디 한 번만 더 해봐라. 내가 그냥……. 정말 나 혼자 어디 나가서 살 거여. 혼자 알아서 밥 처먹고 뒤지든지 말든지 알아서 혀! 내 몸뚱이에 손만 더 대기만 해봐라, 그냥! 어이구! 젊었을 때는 치고받고 그렇게 살 수도 있지만 인자는 늙었잖아? 늙었으면 안 해야지! 제 버릇 개 못 준다고! 술 처먹고 또 때리냐? 때려! 이 미친놈아!"

나도 한마디 거들었다.

"욕하지 말고, 앞으로 술도 먹지 마! 한 번만 더 그러면 내가 직접 이혼하라고 할 거여."

한 차례 더 실랑이가 오간 끝에 비로소 이 전쟁 같은 집안싸움은 일단락을 지었다.

금지된 단어

현수의 나지막한 목소리가 수화기 너머로 전해졌다.

"기철이 형 결혼식, 이번 주 토요일 오후 한 시래. 올 수 있지?"

대학교 졸업 이후 친분이 끊기긴 했지만 좋은 기억은 오롯이 남아있었다. 잠시 망설이다 가겠다고 답했다. 급히 휴가를 냈다.

결혼식 당일, 지하철 안에서 현수는 전혀 예상치 못한 말을 꺼냈다.

"아 참, 깜빡했다. 지연 누나도 오기로 했어."

내게 있어 '지연'은 금지된 단어였다. 발길을 확 돌려버릴까? 극단적인 생각마저 들었다. 묘한 낌새를 눈치챈 현수가 말을 이었다.

"남자가 말이야, 그런 거에 연연하면 안 되지. 지금은 다 지난 일이잖아. 나도 예전에 사겼던 여자 만나면 스스럼없이 말하고 그래. 글고 우린 어른이잖아. 그치?"

백번 옳은 말이다. 백기를 들 수밖에 없었다.

결혼식장 앞에 이르렀다. 다소 긴장됐다. 현수가 바지 주머니에서 휴대폰을 꺼내 지연 누나에게 전화를 걸었다.

"어. 어. 아, 그래? 알았어."

현수가 나를 보며 말했다.

"지하철이 밀려서 조금 늦는대. 먼저 들어가 있자."

대기업에 입사한 기철이 형은 중국 지사에서 5년간 근무했다. 인연이 닿은 한족 여성과 함께 두 달 전에 귀국했다. 한족 여성, 다시 말해 형수는 연예인 못지않게 미모가 빼어났다. 그래서일까. 하객들의 반응이 여느 때보다 뜨거웠다. 박수를 보내면서 무심코 옆을 봤는데 낯익은 얼굴이 눈에 들어왔다. 지연 누나였다. 자그마치 7년 만의 재회다. 영화 속 주인공이 된 듯 가슴이 시큰했다. 지연 누나는 당황한 기색을 감추기 위해 애써 태연한 척했다. 예전과 달리 어딘가 모르게 나이 들어 보였고 화장도 약간 진해진 것 같았다.

제법 화려한 결혼식이었다. 기철이 형은 내 손을 꼭 붙잡으며 말했다.

"와줘서 정말 고마워. 나중에 한잔하자."

현수와 나는 지연 누나와 함께 식장을 빠져나왔다. 현수와 지연 누나는 이런저런 대화를 주고받았다. 나는 꿀 먹은 벙어리처럼 입을 열지 않았다. 끔찍할 정도로 어색했다. 지하철역 앞에서 현수가 지연 누나에게 말했다.

"잘 가, 누나. 담에 또 봐."

지연 누나는 방긋 웃으며 손을 흔들었다. 비로소 마음이 놓였다.

현수와 나는 버스 정류장으로 발걸음을 옮겼다. 신촌에서 거나하게 취해볼 작정이었다.

찻잔 속 소용돌이에 지나지 않는, 우연한 사건이라고 생각했다. 폭풍우를 몰고 올 '나비의 날갯짓'일 줄은 진정 몰랐다. 인생은 참으로 불가사의하다.

대학교 1학년 때 문학 동아리 '흙'에 가입했다. 여기서 지연 누나를 알게 됐다. 지연 누나는 국문과가 아니라 중문과 학생이었다. 가슴이 큰 편이고 키가 작았다. 얼굴엔 미량의 주근깨가 뿌려져 있었다. 전반적으로 평범한 외모지만 나름 귀여웠다. 청바지가 잘 어울렸고 무엇보다 활달한 성격이 매력적이었다. 콜라처럼 톡톡 튀었다. 처음부터 지연 누나를 좋아한 건 아니다. 선후배 관계를 돈독히 하고자 마련한 '일대일 멘토링'이 촉매제가 됐다.

허름한 나무 의자 두 개가 덩그러니 놓여있는 작은 휴게실이 동아리 방 맞은편에 있었다. 어느 날 나는 이곳으로 지연 누나를 데리고 갔다. 바보처럼 수차례 머뭇대다가 힘겹게 입을 열었다. 내 안에 맺힌 여린 꽃망울이 터지는 순간이었다.

"누나가, 정말 좋아요."

지연 누나 입가에 은은한 미소가 번졌다. 이미 알고 있었을 것이다. 아무리 애써본들 좋아하는 감정은 숨길 수 없는 법이니까. 나는 합격자 발표를 기다리는 수험생처럼 초조했다. 과연 지연 누나는 무슨 말을 할까?

"나도 너 좋아해. 몰랐니?"

세상을 다 얻은 기분이었다. 정말 뛸 듯이 기뻤다. 그런데 보험 계약서에나 나올 법한 단서 조항이 붙었다.

"동생으로서 말이야."

동생으로서? 동생으로서? 동생으로서?

내 두뇌에 장착된 386 컴퓨터를 풀 가동시켰으나 오류가 나고 말았다. 참 모호한 말이다. 마음을 받아준다는 건지, 안 받아준다는 건지……. 누군가 '여성들의 언어 해독법'을 책으로 내면 좋겠다. 노벨문학상을 탈지도 모른다.

사람은 간사한 존재라서 상황에 따라 입장을 달리한다.

호감이 적었다면 곧바로 마음을 접었을 것이다. 호감이
너무 강렬한 나머지 좋을 대로 해석해버렸다.

'어쨌든 지연 누나도 호감이 있다고 하니까 연인으로 발
전할 가능성은 충분해.'

그날 밤 통학 버스를 타고 집에 도착하자마자 지연 누
나에게 전활 걸어 한 시간 남짓 통화했다. 대화 내용은 별
시답지 않은 신변잡기가 주를 이뤘다. 그저 대화를 나누
는 행위 자체가 즐거웠다.

밤에 통화하는 일이 빈번해졌다. 이제껏 내 온몸을 감
싸고 있던 두꺼운 껍질에 미세한 금이 가기 시작했다. 내
면에 드리워진 어둠이 햇볕을 쐬려고 했던 걸까? 결국 나
는 치부를 고스란히 드러냈다.

"사실은 말야. 나, 학창시절에 왕따였어……."

"정말? 나 같으면 머리끄댕이 잡고 싸웠을 텐데…….
따지고 막 대들지 그랬어? 으이구!"

가족을 제외한 그 누구에게도 하지 않았던 말이었다.
우스갯소리로 표현하자면 고구마 100개를 먹고 난 뒤 사
이다를 마신 느낌이 들었다. 이 일을 계기로 친분이 한결
돈독해졌다.

지연 누나와 나는 일반 연인들이 으레 하는 행동을 그
대로 따라 했다. 우선 서로에게 별명을 지어줬다. 지연 누

나는 수호천사, 나는 아기별이었다. 나란히 캠퍼스를 누비고, 교양 과목을 같이 듣고, 선물과 편지를 주고받고, 교환 일기장을 함께 쓰고, 주말에 단둘이 공원에 가거나 맛집을 찾아다녔다.

그러나 엄청난 걸림돌이 있었다. 지연 누나의 남자 친구, 재환이 형이다. 그렇다. 지연 누나에겐 애인이 있었다. 심지어 동아리 선배다. 재환이 형이 지연 누나와 함께 동아리 방에 앉아 시시덕거리거나, 노래방에서 블루스를 추거나, 매점에서 커피를 마시면 부아가 치밀어 올랐다. 동아리 회장인 호영이 형 자취방에서 우연히 시청한 비디오는 급기야 나를 질투의 화신으로 돌변하게 만들었다. 쥐 잡아먹은 듯 시뻘건 립스틱을 칠한 지연 누나가 매혹적인 자태로 침대 위에 걸터앉아 재환이 형에게 갖은 애교를 부리는 장면이 담겨 있었다. 잠시 화장실에 다녀온 지연 누나가 후다닥 달려들어 비디오를 끄는 바람에 다 보진 못했다. 설마 야동을 찍은 걸까? 아니면 그냥 장난삼아 추억을 담은 걸까? 도무지 알 수 없었다.

재환이 형은 괴짜다운 면모를 지니고 있었다. 은둔 성향이 강해 아주 가끔 몰골을 드러냈다. 경마 얘기가 나오면 환장하는 경마광이었고 자칭 'SF 소설가'였다. 동아리 홈페이지에 수시로 자신이 쓴 소설을 올리곤 했다. 그닥 재미가 없어서 늘 조회 수는 바닥을 기었다. 나는 재환이 형의 일거수일투족이 못마땅했다.

밀고 당기기를 잘해야 하므로 흔히 연애를 '줄다리기'에 비유하곤 한다. 당기다 말고 그만 손을 확 놓아버리고 싶을 때마다 지연 누나는 이렇게 말했다.

"기다려 줘. 곧 헤어질 테니까."

힘찬 응원에 힘입어 안간힘을 쓰며 버텼다. 아니, 질질 끌려다녔다고 해야 옳다. 위급한 사태에서 발현되는 직관의 힘마저 쉽게 간과해버렸다. 진즉에 포기했어야 했다. 메피스토펠레스에게 영혼을 판 파우스트처럼 피가 바짝바짝 타들어 가는 듯한 고통에 휩싸였다. 하루하루가 지옥이었다. '곧'은 한 달이 되고, 두 달이 되고, 석 달이 됐다. 지연 누나는 그럴싸한 이유를 둘러댔다.

"재환 선배가 뇌수술을 앞두고 있어. 걱정할까 봐 일부러 안 알렸대. 최근에 알았어. 수술이 마무리될 때까지 내가 곁에 있어 줘야 할 것 같아. 이런 상황에서 냉혹하게 뒤돌아설 순 없잖아. 날 좀 이해해주면 안 되겠니?"

집에서 밥 먹다가 나도 모르게 숟가락을 밥상 위에 탁 내려놓고 허공을 쳐다보며 땅이 꺼질 듯이 한숨을 푹 내쉬었다. 엄마가 눈을 동그랗게 뜨며 왜 그러냐고 물었다. 묵묵부답으로 일관할 순 없어 이내 속사정을 털어놨다. 엄마는 날카롭게 말했다.

"고 년이 나쁜 년이여, 고 년이! 사람 갖고 놀잖여!"

이튿날 저녁, 버스를 타고 지연 누나 집으로 향했다.

"집 앞이야. 나올 수 있지?"

지연 누나는 퉁명스럽게 답했다.

"알았어. 잠깐 기다려."

지연 누나와 나는 놀이터 앞 벤치에 나란히 앉았다. 지연 누나는 무슨 불만이 있는지 뾰로통한 표정을 짓고 있었다. 나는 남자답지 않은, 찌질한 말을 건넸다.

"한 번만 안아주면 안 될까?"

지연 누나는 미간을 살짝 찡그리더니 못 이긴 척 나를 품에 안았다. 나는 말을 이었다.

"누나…… 이제 내 맘을 받아주면 안 돼?"

"아직 그럴 상황이 아니란 거 너도 잘 알잖아."

"나, 너무 힘들어. 지쳤다구."

"사랑한다며? 사랑한다고 했잖아. 그러면 기다려 줄 수 있는 거 아냐? 예전엔 기다려준다고 했잖아. 니 입으로 똑똑히! 왜 이제 와서 말을 바꾸는 거야?"

"난 도저히 이해가 안 가. 수술이 마무리될 때까지 기다려야 한다는 게. 왜 굳이 그래야 하지?"

"넌 사랑을 안 해봐서 잘 몰라. 아마 죽어도 이해하지 못할걸?"

지연 누나의 눈이 어느새 붉게 충혈돼 있었다. 나는 말문이 막혔다. 혹을 떼러 왔는데 되레 혹이 하나 더 붙은 꼴이다. 일말의 소득 없이 뒤돌아설 수밖에 없었다. 가로등이 비추고 있는 쓸쓸한 계단을 지나, 손님 하나 없는 쓸쓸한 삼겹살집을 지나, 왠지 쓸쓸한 골목길을 지나 이유 없이 쓸쓸한 밤하늘 위에 영롱히 떠 있는 별 서너 개를 지그시 올려다봤다.

아무리 바보여도 어느 순간에는 알아차리게 된다. '갖기엔 부족하고 남 주기엔 아까운 남자'가 바로 나였다. 나는 독하게 마음을 먹었다. 뒤엉킨 실타래를 싹둑 잘라버렸다. 혹여나 지연 누나와 마주치면 벌레 대하듯 요리조리 피해 다녔다.

일주일 정도 흘렀을까. 호영이 형이 충격적인 얘길 들려줬다.

"지연이랑 얘기를 해봤는데……. 니가 참 이상한 애래. 사귀지도 않았는데 지 혼자 사귄 것처럼 행동하고 지 혼자 헤어진 것처럼 한다면서……. 몇 마디 하려다가 말았어. 말이 통해야 말이지. 지 말만 하더라."

황당하다 못해 열불이 났다. 사귀지 않은 게 맞지만 그렇다고 안 사귄 것도 아니었다. 지연 누나가 완전 딴사람처럼 느껴졌다.

뜬금없이 지연 누나로부터 문자 메시지가 날아왔다.

"너, 정말 뭐 하는 거야? 그런 식으로 나온다 이거지? 니가 준 인형과 편지, 교환 일기장 죄다 불태워버릴 거야."

나는 답장은커녕 수신차단 버튼을 꾹 눌렀다.

뇌수술을 받은 재환이 형은 한 달 만에 퇴원했다. 예전처럼 지연 누나의 손을 잡고서 연신 깔깔거리며 캠퍼스를 누비고 다녔다. 괘씸했다. 헤어진다더니! 새빨간 거짓말이었다.

사랑의 열병을 앓은 대가는 엄청났다. 일 년간 여자를 멀리했다. 미팅이며 소개팅이며 모두 거절했다. 나 좋다는 여자도 마다했다. 나 자신을 무인도에 가뒀다고 볼 수 있다.

지연 누나와 재환이 형이 헤어졌다는 얘길 뒤늦게 풍문으로 들었다. 이제 나완 상관없는 일이었다. 아무런 감정이 들지 않았다.

대학교 졸업 후 학군 42기로 임관해 전방에 배치된 나는 지연 누나로부터 메일 한 통을 받게 된다. 결혼을 앞두고 있으니 더 늦기 전에 만나서 오해를 풀고 화해하고 싶다는 요지의 글이었다. 글 하단부에 연락처가 적혀 있었

다. 다시 만나면 되게 서먹할 것 같고 무엇보다 용서하고
싶은 마음이 추호도 없었다. 답장을 하지 않았다.

　가브리엘 가르시아 마르케스의 소설『백 년의 고독』에
등장하는 인물인 쁘루덴시오 아길라르는 자신을 살해한
호세 아르까디오 부엔디아를 찾아가 고백한다.
　"죽은 지 수년이 지나자 살아 있는 사람들에 대한 그리
움이 너무나 강해졌고, 말동무가 절실히 필요했으며, 죽
음 속에 존재하는 또 다른 죽음과 가까이 있는 것이 너무
무서워 결국 적들 가운데 가장 나쁜 적을 사랑하게 되었
네."
　언뜻 보면 말이 안 되는데 곰곰이 생각하면 말이 된다.
나는 쁘루덴시오 아길라르와 비슷한 심정이 들었던 것 같
다. 지연 누나에게 연락해 만나자고 했다.
　토요일 늦은 오후, 의정부역에 도착했다. 부대에서 한
시간 이내 거리에 위치한 장소지만 엄밀히 따지면 '위수
지역(군인의 외출이나 숙박을 허용하는 지역)'에 속해 있
지 않았다. 적잖이 불안했다. 지연 누나와 나는 한적한 카
페로 들어섰다. 뭐부터 말해야 할지 난감했다. 일단 서로
의 안부를 주고받았다. 짧은 침묵이 흐른 뒤 누나가 먼저
입을 열었다.

"난 대학 시절에 철이 너무 없었던 것 같아. 물론 너도 상처 많이 받았겠지만 니가 차갑게 돌아섰을 때 나도 상처 많이 받았어. 누차 얘기한 대로 재환 선배 수술만 끝나면 깨끗이 정리하고 너랑 사귈 생각이었지. 기다려준다는 말, 철석같이 믿었어."

칼에 베인 듯 가슴이 아팠다. 이유야 어찌 됐든 당시 내 행동은 옹졸했다. 끝까지 배려했어야 했는데…….

지연 누나는 차분히 말을 이었다.

"진작에 이런 자리 마련하고 싶었어. 이제라도 마련하게 돼서 정말 다행이야. 너, 내가 결혼한 건 알고 있지? 네 살짜리 아들도 있어. 놀랍지? 세월이 벌써 이렇게 흘렀네. 정말 꿈만 같아."

막상 결혼했단 얘길 들으니 기분이 착 가라앉았다.

나는 가슴에 뭉쳐있던 응어리를 하나둘 풀어냈다. 지연 누나는 수긍하는 눈빛을 보였다. 그러다 조금씩 이견을 제시했다. 아주 오래전 그때처럼 티격태격하는 모습이 연출됐다. 지연 누나는 자신의 결정적 잘못이 무엇인지 여전히, 여전히, 여전히 모르고 있었다. 짜증 어린 말투로 내게 쏘아붙였다.

"그럼 우리 더는 만날 이유가 없겠네?"

7년 만에 극적인 화해를 하는 건 역시 무리였다.

나는 지연 누나를 역 앞까지 바래다주고서 버스 정류장으로 터벅터벅 걸어갔다. 그런데 느닷없이 문자를 알리는 벨 소리가 울렸다. 문자 내용은 이랬다.

　"이대로 갈 수도 없고 정말 내가 어린아이한테 뭐라고 직접 말하기도 그렇고 참 난감하다."

　심장이 두근거렸다. 날 원한단 말인가? 어쩐지 헤어지기 직전 지연 누나 표정이 예사롭지 않았다. 곧장 걸음을 돌렸다. 지연 누나에게 전활 걸어 나긋하게 말했다.

　"잠깐 기다려. 바로 갈게."

　지연 누나는 지하철 티켓 발매기 옆에 오도카니 서 있었다. 날 보며 멋쩍게 씩 웃었다.

　지연 누나와 나는 밖으로 나섰다. 저녁 어스름이 몰려오고 있었다. 나는 주변을 살폈다. 번화가 건너편에 있는 모텔이 눈에 들어왔다. 말할 엄두가 쉬이 나지 않았다. 차라리 지연 누나가 나를 이끌어주면 좋겠다고 생각했다. 신중해야 했다. 오해했을 가능성을 배제할 순 없으니까. 지연 누나가 말했다.

　"노래방 갈까?"

　"노래방?"

　"아, 아니다. 시간이 좀 애매하네. 늦어도 여덟 시까진 들어가 봐야 하거든."

지연 누나와 나는 산책로를 따라 한 바퀴 돌았다. 다시 역으로 돌아와 손에 손을 잡고서 승강장으로 향했다. 살짝 뻘쭘했다. 별안간 지연 누나는 양손으로 내 볼을 감싸더니 입을 맞췄다. 솔솔 불어오는 바람까지 더해지자 기분이 더할 나위 없이 들떴다.

지연 누나와 함께 전철 안으로 들어섰다. 지연 누나가 귀엣말을 했다.

"창동역까지만 데려다줘. 너도 들어가 봐야 하잖아."

나는 창동역에서 누나를 보냈다.

거대한 댐이 무너지고 그동안 억류된 강물이 한꺼번에 방출되는 느낌을 받았다.

지연 누나와 나는 주말에 의정부역에서 다시 만났다. 근사한 레스토랑에 가서 식사하고 노래방도 갔다. 아쉽게 헤어진 뒤에는 밤늦도록 전화에 매달렸다. 허구헌 날 욕설을 퍼붓는 악랄한 대대장 때문에 고달팠던 나는 큰 위안을 얻었다.

영화의 한 장면처럼 부슬비가 내리는 금요일 저녁이었다. 지연 누나가 약속한 시간에 맞춰 부대로 찾아왔다. 나는 자잘한 업무를 뒤로 미룬 채 허겁지겁 위병소로 내려갔다. 보라색 우산을 쓴 지연 누나는 환하게 웃고 있었다. 나중에 안 사실인데 부둥켜 안아주길 내심 기대했다고 한다. 나는 그저 수줍은 미소를 건넬 뿐 별다른 행동을 하지 않았다. 지연 누나에게 말했다.

"전에 알아둔 기막힌 식당이 있어. 거기로 가자."

지연 누나가 고개를 끄덕였다. 나는 콜택시를 불렀다. 마침 기사 아저씨는 안면이 있는 분이었다. 날 보며 넉살 좋게 말했다.

"여자 친구도 왔는데 갈비 사줘야죠."

나는 무심코 여성들 대부분이 싫어할, 눈치 없는 말을 했다.

"근데 여기 이동 갈비 촌은 비싸기만 하지 맛이 없어서요. 다른 데 가려고요."

지연 누나는 뒤늦게 불편한 심기를 표출했다. 입이 떡 벌어질 정도로 한 상 가득 차려진 한정식 덕에 가까스로 분위기를 전환할 수 있었다.

나는 답례하듯 주말에 동서울로 갔다. 정식 휴가가 아닌 '점프(위수 지역 밖으로 이탈하는 행위를 가리키는 군대 용어)'였다. 지연 누나는 미니스커트에 민소매 셔츠를 입고 있었다. 가까이 다가가자 술래잡기 놀이를 하는 것처럼 수줍게 웃으며 달아났다. 나는 잰걸음으로 쫓아가 붙잡았다. 풋풋했던 대학 시절로 되돌아간 느낌이 들었다. 가까운 극장에 들러 영화를 보고 저녁 식사를 함께했다. 그다음엔 선선한 바람이 부는 뚝섬유원지로 가서 오래된 로망을 실현했다. 그것은 바로 2인용 자전거를 타는 일이었다. 한참 즐기다가 한강이 훤히 내려다보이는 계단에 나란히 앉아 휴식을 취할 적에 나는 거부할 수 없는 강한 충동에 사로잡혔다. 지연 누나의 입술을 탐하고 싶었다. 텔레파시가 통했는지 지연 누나가 나를 갑자기 일으켜 세우더니 짧은 키스를 해줬다. 나는 만족할 수 없었다. 으슥한 벤치로 데리고 가서 찐한 키스를 시도했다. 지연 누나의 입술은 젤리처럼 부드러웠다. 황홀한 미지의 공간에 갇힌 것 같았다. 어찌 된 영문인지 시간이 느리게, 아주 느리게 흘러갔다. 이대로 시간이 딱 멈춰 화석이 되면 좋으련만!

2인용 자전거를 반납한 뒤 강변을 따라 거닐었다. 지연 누나가 나지막이 속삭였다.

"나, 이제 가봐야 해."

지연 누나와 나는 두 손을 꼭 맞잡고서 버스 정류장으로 향했다. 아쉬운 작별 인사를 나눴다.

휴가 때에도 만남을 이어갔다. 지연 누나와 나는 좀 더 과감해졌다. 시카고 화이트 삭스의 로고가 새겨진 MLB 모자와 짙은 회색 후드티를 똑같이 착용했다. 키스에 굶주린 듯 길거리에서, 횡단보도 위에서, DVD방에서, 노래방에서, 한적한 아파트 놀이터에서 뜨겁게 키스를 나눴다. 지연 누나의 가슴과 엉덩이를 슬쩍 만졌지만 차마 다른 짓은 할 수 없었다.

늦은 밤 독신 숙소로 복귀한 나는 익숙한 전화번호를 눌렀다. 지연 누나의 달달한 목소리가 귓가에 닿았다. 시간 가는 줄 모르고 얘길 나누다 보니 어느덧 자정을 넘겼다. 나는 은연중에 그동안 참아온 말을 툭 내뱉었다.

"나, 누나랑 자고 싶어."

일순간 정적이 흘렀다. 지연 누나가 약간 울먹이듯 답했다.

"그런 말 해줘서 고마워."

사랑한다는 말보다 훨씬 강력한 표현이자, 여전히 아름답고 매력적인 존재임을 일깨우는 말이란 걸 알아챈 걸까?

실오라기 하나 걸치지 않은 상태에서 서로를 바라보고 있는 것 같은 착각이 일었다.

"누나, 기억하지? 학창시절에 나, 왕따였다는 거 누나한테만 말한 거."

"응, 당근 기억하지."

지연 누나는 잠깐 뜸을 들이다가 운을 뗐다.

"실은, 나도 상처가 있어. 가끔 지독한 우울증이 찾아와. 이 꽉 깨물고 한강에 투신하려고 했는데 차마 실행에 옮기진 못했지. 가까이에 있는 사람이야, 내게 상처 준 사람이. 그래서 더 괴로워. 잊으려고 해도 다시 떠오르니까. 누구한테도 말 안 했는데……."

친척 오빠에게 겁탈을 당한 걸까? 아니면 부친에게? 문득 탁자 위에 놓인 알람시계에 시선이 갔다.

"누나, 벌써 새벽 한 시야."

지연 누나는 기가 찬다는 듯 웃음을 터트렸다.

"진짜 니가 그 말 안 했으면 실토했을지도 몰라. 막, 말하려던 참이었거든."

절호의 기회가 어이없이 날아가 버렸다. 눈치 없는 건 여전했다.

"근데 누나, 겨울 휴가는 어디로 갈 거야?"

"니가 근무하는 포천으로 갈 건데?"

"정말?"

"안 그래도 숙소 물어보려고 했어. 어디 좋은 데 있니?"

"부대에서 운영하는 회관이 하나 있어. 값도 싸고 시설도 좋아. 내가 알아봐 줄까?"

"어, 그래? 그럼 좋지."

"설마 혼자 오는 건 아니겠지?"

"여자 친구랑 같이 놀러 간다고 둘러댔어."

"그럼, 나랑 함께 하는 거야?"

신의 장난인지 약속은 어긋났다. 난데없이 100km 행군 일정이 잡혔다. 한편으론 다행이다 싶었다. 파국을 초래할 위험한 행동을 했을지도 모른다.

행군을 마치고 홀가분한 마음으로 동서울로 향했다. 세 번째 '점프'였다. 여느 때처럼 지연 누나와 시간을 보냈다.

시내버스 안에서 지연 누나가 대뜸 말했다.

"만약에 말야. 내가 이혼하면 나한테 와줄 수 있어?"

몹시 난감했다.

"그런 상황을 원치 않아."

지연 누나는 무표정한 얼굴로 말없이 창밖을 응시했다. 헤어지기 직전에 긴 침묵을 깼다.

"너랑 모텔에 가는 상상을 해봤어. 근데 나중엔 너한테 젊은 여자 친구가 생길 거고 그때가 되면 너무 질투 나서 나 자신을 감당하지 못할 것 같아."

유격 훈련을 앞두고 있던 어느 날 오후, 지연 누나로부터 문자 한 통이 날아왔다.

"부대 앞이야. 나올 수 있지?"

나가고 싶은 맘이야 굴뚝같지만 도저히 시간이 여의치 않았다. 지연 누나에게 전화 걸었다.

"두 시간만 기다려주면 안 될까? 지금은 나갈 수 있는 상황이 아니야."

"바쁘면 어쩔 수 없지, 뭐. 그냥 갈게."

"일단 내려갈게. 잠깐 기다려."

위병소 앞 주차장에서 지연 누나와 마주했다. 지연 누나는 실망한 기색이 역력했다.

"한 번 시험해봤어, 우리 운명을. 살짝 기대했는데……."

가슴에 멍울이 맺혔다. 운명? 과연 운명이란 있는 걸까?

"아무리 그래도 그렇지 이건 좀……."

지연 누나는 노란 편지 봉투를 건네며 말했다.

"자, 받아. 바쁘니까 어서 들어가 봐. 괜히 신경 쓰게 해서 미안해."

버스 정류장까지 지연 누나를 배웅했다. 잠시 후 버스가 왔다. 버스에 올라탄 지연 누나는 낙엽처럼 쓸쓸해 보였다.

몇 장째인지 모르겠어. 다시 쓰고 또다시 쓰고. 무슨 말을 해야 할지 그저 막막하고 답답해. 볼펜을 잡고 망설이기만 했어.

어젯밤부터 폭식했어. 내 몸 혹사하는 미련한 짓 하지 말아야지, 하고 참았는데 잘 안 돼. 낮에 많이 먹어서 그런지 전에 없이 낮잠을 길게 잤어. 컨디션이 완전 꽝이야.

낮에도 바람이 제법 가을 티를 내네. 하긴, 벌써 시월이야. 예전에 시월은 그저 기분 좋은 달이었어. 왠지 운치 있고, 색채가 풍부하고, 맑은 달. 근데 언제부턴지 쓸쓸한 기운이 감돌더라구. 아름다운 만큼 치명적 아픔이 서려 있단 생각에 가끔 나도 모르게 움츠러들어. 이젠 안 그러겠지? 오랜만이라 그런가?

하고픈 말이 참 많았는데 막상 쓰려고 하니 생각이 나질 않아. 무슨 말이 필요하겠어. 그저 생각만 해도 기분이 좋아지는걸. 꿀꿀한 마음 한편에도 행복이 숨어있어. 현실이 자꾸 그 행복에 그림자를 드리워서 그렇지. 각오했음에도 불구하고 현실에 부딪히면 마음이 아파. 어쩔 수 없어. 역시 나는 뻔뻔하고 가증스러운 인간인가 봐. 자꾸 현실을 부정하고 도피하려고만 하는 나 자신이 너무 역겨워. 내가 이런데 이런 날 바라보는 넌 어떨까? 이런 생각을 하니 맘 아프고 미안해. 대학교 때나 지금이나 늘 미안하단 말을 달고 사네. 서로 좋아한다면 미안하단 말을 하지 말아야 한다던데 난 자격 미달이어서 미안한 마음을 지울 길이 없어.

아침부터 지금까지 몇 번이나 휴대폰을 열어 봤는지 몰라. 혹시 문자가 오진 않았나, 하는 생각에. 이젠 병적인 수준이야. 휴대폰을 없앨까, 하는 생각도 해봤어. 내년에 뭔가에 도전하면 나아질까? 시간이 모든 걸 해결해주리라 믿어. 화산 폭발도 언젠가는 멈추잖아. 조급하게 뭔가를 시도해서 변하려는 거, 굉장히 힘들고 스트레스인 것 같아.

지난주에 백화점엘 갔어. 뭔가 해주고 싶어서. 그러면서 알았어. 너에 대해 아는 게 없다는 걸. 뭘 좋아하는지, 뭐가 잘 어울리는지. 이게 좋을까? 저게 좋을까? 고민만하다가 결국엔 아무것도 못 샀어. 평소라면 대충 아무거나 샀을 거야. 한편으론 행복했어. 즐거운 고민이었거든. 이번엔 그냥 왔지만 앞으론 하나씩 다 해줄 거야. 꼭 그렇게 할 거야.

조금씩 마음이 차분해지고 있어. 이래서 좋은가 봐. 누군가를 좋아한다는 거. 주위의 모든 시선이 신경 쓰이지만 너밖에 안 보여. 대학생 때처럼 좋아하는 맘 꾹꾹 눌러 참다 곪아 터지느니 그냥 내 맘 오픈할래. 그래야 미련도 아픔도 덜할 것 같아. 이런 날이 올 줄은 진정 몰랐어. 지금도 꿈만 같아. 알고 있니? 낼이면 재회한 지 60일이 되는 거?

이 편지가 너에게 기쁨이 되면 좋겠어(앞부분은 좀 우울하지만). 이렇게 긴 편지를 써보긴 처음이야. 워낙 악필이라 창피하지만 도전하고 싶었어.

감기 조심하구. 식사 잘 챙기구. 군것질 조금 줄이면
더 멋있겠어.

당신의 수호천사로부터

불길 속으로 겁 없이 뛰어드는 나방 한 마리가 떠올랐
다. 수사망을 좁혀오는 경찰을 감지한 범죄자처럼 숨통이
죄어왔다. 일주일간 장고를 거듭했으나 뾰족한 결론이 나
지 않았다. 오히려 머리만 더 복잡해졌다. 지연 누나에게
전활 걸어 넌지시 고민을 알렸다.

"누나, 우리 그만 만나는 게 어떨까?"

지연 누나는 일침을 가했다.

"그냥 친한 친구처럼 편하게 만나면 안 돼? 어차피 맺
어져선 안 된다는 걸 뻔히 알고 있었잖아? 즐기려는 거
아녔어?"

전기에 감전된 듯 정신이 번쩍 들었다. 즐기다니! 난 단
한 번도 즐긴 적이 없다. 진심으로 사랑했다. 예전과 다름
없이 지연 누나는 이기적이었다. 사람은 변하지 않는다.

우유부단한 성격 탓에 이후로 서너 차례 만남을 이어갔
다. 종내에는 이별했다. 잊으려고 해도 다시금 기억나는

전화번호를 말끔히 잊어버렸다.

　내 생에 한 번 있을까 말까 한 놀라운 경험이 그렇게 추억의 뒤안길로 물러났다. 넘지 말아야 할 선을 넘지 않은 건 천만다행이었다. 그러지 않았다면 어둠의 망령이 그림자처럼 따라다니며 괴롭혔을 것이다.

발상의 전환

청운 도서관 2층에 있는 도서부 문을 열고 안으로 들어갔다. 젊은 여성이 자리에서 일어나 의아한 눈빛으로 나를 바라봤다.

"무슨 일로 오셨죠?"

"아, 네. 저기 다른 게 아니라요. 3층 열람실에 있는 콘센트 일부가 안 돼 가지고요. 2주 전에 한번 말씀드렸었는데…….."

"아, 그래요? 저는 전달받은 게 없어서…….."

"그때 남자분한테 말씀드리니까 알고 있었다면서 조만간 조치해주신다고 했거든요."

"몇 개나 안 되는 거죠?"

"다섯 개요."

"담당자님 오시면 전달해서 최대한 빨리 조치하도록 할 게요."

그녀는 전달할 내용을 다이어리에 간략히 적었다. 나는 3층 열람실로 돌아갔다.

한 시간가량 지났을 무렵, 서성거리는 중년 남성을 발견했다. 그는 콘센트 인근에 앉은 이들에게 작동 여부를 묻고 있었다. 나는 그를 복도로 불러냈다. 열람실로 들어가는 방향과 우측 대각선 방향을 왼손 검지로 가리키며 말했다.

"이쪽이랑 저쪽이 안 돼요. 총 다섯 갭니다."

"예전에 라디에이터 놓았던 곳인데요. 누전이 돼서 아예 관리실에서 전원을 차단했거든요. 고치려면 밑에서부터 고쳐야 하고 매우 복잡해요. 시일도 오래 걸리고요."

"노트북 이용자는 많은데 작동되는 콘센트가 하나밖에 없어서 불편합니다."

"원래 라디에이터 꽂으려고 별도로 설치한 콘센트예요. 노트북 때문에 설치한 건 아닙니다. 현재로선 방도가 없습니다. 담에 공사할 때 같이 하면 모를까……."

"지난번에 어떤 남자분한테 말씀드리니까 알고 있었다면서 조만간 조치해준다고 했는데요."

"뭘 잘 모르고 말씀드린 겁니다. 그분은 담당자가 아

네요."

하늘을 우러러 한 점 부끄럼이 없다는 듯 당당한 그의 태도가 몹시 거슬렸다. 한바탕 난리 브루스를 칠까 하다가 생각을 고쳐먹었다.

이튿날 아침, 나는 어김없이 열람실로 향했다. 유일하게 작동되는 콘센트를 노렸으나 실패하고 말았다. 여고생 두 명이 선점한 상태였다. 휴게실에서 작업하는 수밖에 없었다. 다행히 오후에 자리가 생겼다. 어찌 된 노릇인지 글이 한 줄도 써지지 않아서 인터넷 서핑을 하며 시간을 보냈다. 내 옆자리에 앉은, 여대생으로 보이는 여자가 나를 슬쩍 쳐다보는 걸 눈치챘지만 신경 쓰지 않았다. 30분 남짓 지나자 그녀는 짐을 챙겨 서둘러 밖으로 나갔다.

잠시 후 나는 예사롭지 않은 눈빛과 마주했다. 50대 초반으로 짐작되는, 디지털 자료실 담당자였다. 그가 슬그머니 다가와 말을 건넸다.

"이거 하시면 안 됩니다."

'이거'는 내 앞에 놓인 일체형 PC를 지칭하는 말이었다.

"네?"

"이거 하시면 안 된다구요."

"왜 안 되죠?"

"이 건 여기서 못 하게 돼 있습니다."

나는 노트북 이용자 서너 명을 오른손으로 가리키며 말했다.

　"아니, 다 사용하잖아요."

　"동영상 시청이나 음악 듣는 건 가능하죠."

　"누가 시끄럽다 그래요? 시끄럽게 치지만 않으면 되잖아요. 일부러 키보드 스킨도 샀는데……. 나가서 말씀하시죠."

　나는 그와 함께 복도로 나갔다. 그가 말했다.

　"문서 작업은 디지털 자료실에서 하면 되지 않나요?"

　"앉아서 쭉 작성해야 하는데 점심시간에 쉬잖아요. 그리고 오후 여섯 시 이후에는 문을 닫지 않습니까? 제가 여기 도서관 다닌 지가 10년이 넘었어요. 칸막이가 없는 곳에서는 사람들이 늘 노트북 사용했습니다. 타이핑도 하고요."

　"제가 뭐 악감정이 있어서 이러겠습니까? 조금 전에 나간 여학생이 얘기하고 갔다니까요."

　"정말요?"

　"네, 그렇다니까요."

　"아니, 그 정도도 못 참으면……. 거 미친년 아닙니까? 인터넷 서핑만 했어요. 문서 작업은 아예 하질 않았다고요."

"......."

"일단 알겠고요. 앞으로 조심하겠습니다."

의자에 앉아 곰곰이 생각해보니 뭔가 이상했다. 검색창에 단어 서너 개를 입력한 게 다였기 때문이다. 마우스도 기껏해야 대여섯 번 클릭했을 뿐이다. 고분고분하지 않고 대드니까 쐐기를 박으려고 거짓말을 했을 가능성이 농후했다. 만에 하나 거짓말이 아닐지라도 은근히 사람을 열받게 만드는, 신통방통한 재주가 있는 양반에게 근사한 선물을 주고 싶었다. 국민신문고 홈페이지에 들어가 사실에 입각한 짧은 글 두 편을 작성했다. 내친김에 콘센트 문제도 아울러 언급했다.

청운 도서관 디지털 자료실 담당자의 업무 태만 신고합니다.

제가 목격한 것만 해도 세 번이나 됩니다. 업무 시간에 버젓이 영화를 보더군요. 그러다 졸리면 쿨쿨 자고요. 이러면 되겠습니까? 업무 태만에 대한 시정 교육 및 조치가 절실합니다.

청운 도서관 디지털 자료실 이용 시 불편사항 신고합니다.

청운 도서관 디지털 자료실은 다른 도서관과 달리 점심 시간(12:00~13:00)에 운영하지 않습니다. 즉, 문을 닫아버립니다. 제가 여러 도서관을 다녀봤는데 점심시간에 운영하지 않는 경우는 처음 봅니다. 요새 컴퓨터를 사용할 적에 여러 문서나 프로그램을 다운받아야 할 때가 많은데 점심시간에 운영하지 않으면 새로 다운받아야 하므로 매우 불편합니다. 디지털 자료실에 CCTV를 설치해 보안 대책을 마련한다면 충분히 점심시간에도 오픈할 수 있다고 생각합니다.

일주일이 지났다. 금세 비라도 쏟아질 듯 먹구름이 자욱했다. 열람실 정문에 걸린 낯익은 안내문이 눈에 들어왔다.

"키보드나 마우스 사용 시 과도한 소음이 발생하지 않도록 주의 바랍니다."

열람실 안에 있는 안내문을 옮긴 줄 알았는데 그게 아니었다. 추가로 인쇄한 안내문이었다. 디지털 자료실 담당자가 고의로 한 행동이 아닐까 하는 의심이 들었다. 유일하게 작동되는 콘센트를 선점하지 못한 나는 휴게실에서 작업을 진행했다. 오히려 잘됐다 싶었다. 옆 사람 눈치 볼 것 없이 마음껏 두드릴 수 있으니까.

한참 진도를 빼다가 화장실에 들렀다. 머피의 법칙이 절묘하게 통했는지 소변기 앞에서 하필이면 그와 딱 맞닥뜨렸다. 그의 얼굴이 '불독'을 연상케 한다는 걸 이제야 알았다. 그는 미간을 찌푸리며 위협적으로 말했다.

"왜!"

설마하니 내게 반말을 할 리는 없다고 생각했다. 이어폰을 낀 채 미지의 누군가와 통화하다가 무심코 내뱉은 말인 줄 알았다. 그와 나는 곧 사이좋게 나란히 서서 먼 산 바라보듯 벽면을 응시했다. 어색한 침묵이 흘렀다. 시비를 걸기 위해 일부러 쫓아왔다고 판단한 걸까? 휴게실로 돌아왔을 때 비로소 추측은 확신으로 굳어졌다.

국민신문고 홈페이지에 들어가 지난번에 신청한 민원을 확인했다. 접수는 진즉에 완료됐건만 아무런 답변이 없었다. 자판기 커피를 마시며 창밖을 지그시 바라보고 있는데 갑자기 전화벨이 울렸다. 낯선 번호였다. 약간의 우려를 떨쳐내고 통화 버튼을 꾹 눌렀다. 일부러 굵은 목소리로 말했다.

"여보세요?"

"네, 여보세요."

"어디시죠?"

"민원 제기했다고 해서 전화했는데요."

"예? 뭐라고요?"

"거기서 전화해보라고 하던데요."

공포 영화 주인공이 된 듯 모골이 송연했다. 전화를 건 사람이 바로 그였기 때문이다. 나는 휴대폰을 잠시 귀에서 떼어냈다.

"저기요? 여보세요? 여보세요!"

그의 목소리가 복도를 울렸다. 나는 그가 디지털 자료실에 있다는 걸 알아챘다. 디지털 자료실 후문이 활짝 열려 있었다. 일부러 그런 걸까? 탁월한 연출?

휴게실 우측에 있는 옥상에서 호흡을 가다듬었다. 바이러스 걸린 컴퓨터처럼 머릿속이 복잡했다. 책상 위에 놓인, 내 일체형 PC를 창문 너머로 지그시 바라봤다. 자릴 비운 틈을 노려 그가 해코지한다면?

대한법률구조공단 △△지부에 수차례 전화했지만 연결이 되지 않았다. 국민권익위원회 담당자는 자신들의 소관 업무가 아니라고 했다. 폭풍 검색을 통해 간신히 해결 방법을 알아냈다. 상급기관 감사실 또는 국가인권위원회에 진정서를 제출하는 방법이었다.

○○ 교육청 민원 담당자에게 전화를 걸었다.

"행정지원과 이지윤입니다. 무엇을 도와드릴까요?"

"저, 하나 여쭤볼 게 있는데⋯⋯."

"네."

"다름이 아니라 제가 국민신문고에 민원을 올렸어요. 청운 도서관 디지털 자료실 담당자 업무 태만 관련해서요. 근데 오늘 담당자한테 직접 전화가 오더라구요. 통화 한번 해보라고 했다면서. 제 연락처 알려주셨습니까?"

"뭔가 착오가 있는 거 같아서요."

"아니, 그니까 제 연락처를 알려주셨냐구요?"

"아니요."

"그믄 어떻게 압니까, 담당자가?"

"잠시만요. 어떤 담당 선생님 말, 말씀하시는 거예요?"

"아니, 제가 신고한 사람한테서 전화가 왔는데 연락처를 알려주셨어요?"

"아, 혹시 그……. 아, 네 맞아요."

"왜 알려주셨어요?"

"대화를 한 번 해보시는 게 나을 것 같아서요."

"담당자님, 생각을 해보세요. 업무 태만으로 신고했는데 연락처를 알려주면 해결이 원만히 잘 되겠습니까? 그러지 않겠어요?"

"아, 네."

"엄청 실수하신 거예요."

"네."

"그러믄 그 담당자가 저한테 전화해서 안 했다 그러지 잘못했다고 빌겠습니까? 넌 뭐냐고 욕하지 않겠어요?"

"아, 혹시 그러셨나요?"

"아니, 그랬겠냐구요? 생각을 해보세요."

"저는 그렇게 해주기를 기대하고 말씀드렸던 건대요."

"그렇게 하시면 안 되죠. 아무리 이 게 담당자님 일이기로서니 그걸 함부로 얘기하면 돼요? 담당자님 전화번호 어떻게 되시는데요? 제가 그럼 여기저기 다 알려볼까요?"

"그건 아니지요."

"그렇게 해도 될까요?"

"아니요."

"제가 지금 상당히 기분이 나빠가지고 전화 드리는 거예요. 입장 바꿔 한번 생각해보세요. 기분 나쁘지 않겠습니까?"

"네. 제가 그쪽으로는 생각을 못 했어요."

"아니, 제가 뭐 예를 들어서 여기 시설물에 하자가 있다고 했다면 그런 거는 얘길 할 수 있겠죠. 그런 거는 그 담당자한테 연락해서 알려줘도 돼요. 어떤 문제가 있으니까 언제까지 수리하겠다고 그러면 그거 가지고 제가 태클 걸겠습니까? 업무 내용을 쫌 보고 말씀을 하셔야죠."

"네, 네."

시종일관 변함없는, 사무적인 목소리가 못마땅했다. 일부러 화를 돋우려는 걸까? 그래, 너 하고 싶은 대로 맘껏 지껄여라? 결국 나는 폭발하고 말았다.

"왜 이렇게 일을 하세요? 초등학생도 이렇게 얘긴 안 하겠네. 아무리 그래도 그렇지 연락처를 알려주시면, 어떡합니까! 진짜, 이 씨……."

잠시 침묵이 흘렀다. 불현듯 그가 옥상 출입구 쪽에서 나타났다. 미간을 찌푸리며 나를 째려보더니 따끔하게 한마디 하려다 말고 자취를 감췄다. 뒤통수를 세게 얻어맞은 느낌이었다.

민원 담당자가 말했다.

"선생님, 그럼 제가 다시 한 번 통화해볼게요."

"통화하지 마세요."

"그럼, 어떻게 해주시길 원하시는 거예요?"

"아니, 이미 일 다 망쳐놓고 뭐 어떻게 하라는 거예요, 지금?"

"그럼, 이송해드릴까요?"

"아니, 이보세요. 진짜 왜 그러시는 겁니까? 왜 그걸 알려주신 거예요? 왜? 저 여기 도서관 계속 다녀야 하는데, 불이익 주지 않겠습니까?"

"네."

"괘씸하겠죠. 그러지 않겠어요? 상식적으로 그런 생각 안 드십니까?"

"네, 맞아요."

"제가 비이성적이에요, 지금?"

"아닙니다."

"예를 들어 성추행범한테 피해자 연락처 알려주면서 '사과하십시오.' 그러면 사과하겠습니까?"

"아니요."

"그 여자는 얼마나 황당할까요? 예?"

"네."

"예전에도 제가, 한 공무원이 하도 어이없이 얘기하고 건방지게 하길래 국민신문고에 올린 적이 있어요."

"아……."

괜히 말했다는 생각이 들었다. '프로 불편러'로 오해하면?

"그때 어떻게 처리한 지 아십니까? 담당 공무원이 직접 그 사람한테 전화해서 똑바로 하라고 정신교육하고 미흡한 거 모두 시정하라고 했어요."

"네."

"제가 지금 어이가 없어가지고요. 뭐 이런 경우가 다 있는지……. 정말……. 아이고야, 진짜……. 허허허."

한 박자 쉬었다가 말을 이었다.

"여기는 도서관이에요. 전화번호 조회하면 주소 다 나옵니다."

"아, 네."

"저희 집에 와서 행패 부리면 책임지실 거예요?"

"아닙니다."

"이건 해도 해도 너무한 거 아닙니까? 국민신문고보다 더 쎈 데다가 한 번 올려 드립니까? 청와대에 한 번 올려 드려요? 예?"

"아닙니다."

"글면 바로 담당자님 징계 먹을 수도 있어요. 충분하겠네? 이 건 징계 먹어도 할 말 없어요."

"네."

"조치하시고, 조치하시고 전화 주세요."

"네."

"글고 사과하실……. 사과하고 싶은 맘은 생깁니까? 죄송해요? 저한테?"

"네, 네."

마지못해 답하는 건 아닐까?

"다시 전화 주세요."

"네, 알겠습니다."

"대충하지 마세요."

"네."

"저, 장난 아닙니다."

"네, 네."

"그만 끊읍시다. 알았으니까."

저녁나절 두 차례 전화가 왔지만 받지 않았다. 너무 화가 났기 때문이다. 더욱이 받아봤자 뭐하나 싶었다. 엎어진 물이요, 깨진 독이었다. 그가 우리 집 유리창을 향해 돌을 던지고 도망가는 장면, 그가 골목길에 몰래 숨어 있다가 몽둥이로 나를 가격하고 내빼는 장면이 눈앞에 그려졌다. 엄마는 내게 이렇게 말했다.

"그년은 왜 알려줬대? 어쩐지 꿈이 뒤숭숭하더니만……. 넌 그걸 굳이 신문고에 올려가지고……. 이젠 못 가겠네? 아니다. 그냥 가. 기죽은 줄 알겠고만."

이틀 뒤 나는 ○○ 교육청 상급기관인 교육부 감사실에 전화했다. 교육부는 처벌할 권한이 없으니 ○○ 교육청 감사실에 직접 문의하라는 답변을 얻었다. ○○ 교육청 감사실 직원은 한술 더 떴다. 진정서를 제출하기 전에 우선은 민원을 신청하라고 했다. 고양이에게 생선 맡기는 꼴이었다. 국가인권위원회에 진정서를 내기로 가닥을 잡았다. 국가인권위원회의 경고는 강제성이 없는 권고사항에

지나지 않지만 파급력이 있기 때문에 나름 괜찮은 선택
이었다.

　○○ 교육청 민원 담당자에게 다시 전화를 걸었다.

　"아, 네 여보세요?"

　"네, 말씀하세요."

　"행정지원과 이지윤 담당자님 맞습니까?"

　"예, 지난주에 제가 민원처리 관련해서 전화 드렸었는
데……."

　"아, 네. 안 그래도 금요일에 전활 드렸었거든요."

　"누구한테요?"

　"민원 넣으신 선생님 아니신가요?"

　"아니, 그니까……. 저한테 전화한 거 알아요."

　"네, 네."

　"왜 전화하셨죠?"

　"잠시만요."

　일부러 이러는 걸까?

　"제가 확인해보고 잠시 후에 다시 전화를 드릴게요."

　"여보세요? 뭘 확인해요? 전화하셨다면서?"

　"전달사항 때문에 전화했는데요."

　"예. 그러니까 뭐 전달하시려고?"

　"네. 확인해보고 전화 드릴게요."

"아니, 그니까 뭘⋯⋯. 전화하신 이유가 있을 거 아녜요?"

"네, 네. 잠시만요."

내 휴대폰 뒷자리를 읊는 소리가 수화기 너머로 살짝 들렸다. 진짜 모르는 걸까? 뭔가 대비책을 마련하기 위해 시간을 끄는 걸까?

"아, 금요일에⋯⋯."

"네."

"저, 잠시만요. 청운 도서관, 여기로 민원 주신 거 맞으시죠?"

"네, 맞아요."

"네, 네. 여기 도서관으로 민원, 접수했다고 제가 전달해드리려고 했어요."

"무슨 말씀이세요? 접수한 지가 언젠데?"

"국민신문고에 접수해도 바로 공공도서관으로 이송이 안 되거든요. 그래서 저희 청에서 이송했다고 제가 전달해드리려고 했어요."

"그때 제가 이송을 하지 말라고 했는데 왜 하셨죠?"

"저희 청은 관리 감독만 할 수 있어서요. 이송하지 않으면 저희 청에서 해결할 수가 없어요."

"그니까 이송을 하셨네?"

"네."

"이송하지 말라고 했는데도 굳이……."

"그럼, 이송을 안 하면……. 민원을 어떻게 해결해주시길 원하시는 거예요?"

"이송할 게 있고 이송 안 할 게 있는데……. 아, 담당자님은 이 게 이송할 일이라고 판단하신 거예요?"

"아니요. 제가 판단하는 게 아니라 저희 청에 접수되는, 청운 도서관과 관련한 모든 민원은 이송하게 돼 있어요."

"접수하시고 처리를 한 다음, 이송을 한 거라고요?"

"아니요. 저희 쪽에서 처리를 안 하고요."

"처리 안 한다고요?"

"이송하면, 청운 도서관에서 처리를 해주세요."

참으로 기가 막힌 발상의 전환이었다.

"아, 그래요. 뭐 법대로 그렇게 하신다는데 제가 뭐라고할 수 있겠습니까? 일단 이송처리 하지 말라고 했는데 그렇게 하신 거고……. 하나 여쭤봅시다."

"아, 네."

"민원 접수 담당자가 피 민원인에게 민원인 전화번호를알려주게 돼 있나요? 법으로?"

"아니요. 그건 잘못됐죠."

"글면 왜 알려주신 거예요? 다시 한번 물어봅시다. 아니, 그니까 이유를 알려는 거예요. 저는 좀 이해가 안 돼 가지고, 상식적으로. 구체적인 얘길 듣고 싶은데요."

"아, 저는 대화로 풀어주실 줄 알았거든요, 그 당시에 는."

"얘기하니까 도서관 담당자가 뭐라고 합니까?"

"따로 말씀은 없으셨어요."

"뭐라고 하셨는데요? 아무 말도 안 했어요?"

"그냥 알겠다고만 하셨어요."

리얼리?

"그니까 담당자님이 판단했을 때 대화로 풀면 될 것 같아서 도서관 근무자한테 전화번호를 알려주신 거네요."

"네. 근데 그건 잘못됐죠."

"전화번호만 알려주셨나요? 아니면 다른 것도 알려주셨습니까?"

"전화번호만 알려줬어요."

"그럼, 또 하나 물어봅시다. 민원 담당하시는 분 맞죠? 행정지원과?"

"네, 맞아요."

"그럼, 민원 담당하시는 분이 '민원 처리에 관한 법률 위반'이라는 거 알고 계십니까?"

"네, 맞아요."

"그러믄은 '민원 처리에 관한 법률 위반'이라는 걸 알면서도 군이 그렇게 애길 하셨네요?"

"아뇨. 그건 나중에 알았다고요."

"아? 그믄 '민원 처리에 관한 법률' 자체를 알지 못하셨나요? 사전에?"

"아니요. 알고 있었는데……."

"알고 있었죠?"

"네, 네."

"알고 있었는데, 그럼에도 불구하고 위반을 하신 거잖아요. 글죠?"

"네. 그건 잘못됐어요."

"'민원 처리에 관한 법률 위반'뿐만 아니라 '개인정보 보호법 위반'까지 두 가지가 걸려요. 개인정보 보호법을 위반하면 징역형이나 최소 벌금형에 처해지게 돼 있거든요. 그것도 알고 계십니까?"

"아니요. 나중에 알았어요."

"'개인정보 보호법 위반'은 나중에 아셨어요?"

"네, 네."

"'민원 처리에 관한 법률 위반'은 사전에 알고 계셨고?"

"아니요. 그것도 통화할 당시에는 몰랐고요."

"아니 말을……. 그니까 '민원 처리에 관한 법률' 알고 계셨습니까? 모르고 계십니까? 사전에 알고 계셨어요?
모르고 계셨어요?”

"나중에 알았어요."

"나중에 아셨다고요? 그러믄 더 큰 일인데?"

"전에 알고 있다가 통화할 때는 잊고……. 제가 잘못
한 거죠."

"아, 그니까 알고 계셨다는 거예요?"

"네, 네."

"본인 업무를 잘 모르고 그렇게 처리를 하면 여러 사람
이 다 피해 보잖아요."

"아, 네."

"그래서 금요일에 뭘 조치하신 겁니까? 뭘 조치하시고
저한테 전활 한 거예요?"

"이송 말씀 드린 거예요."

"이송했다고요?"

"이송이요, 이송. 아까 맨 처음에 말씀드린 이송이요."

"아, 예, 예. 알겠습니다. 저는 너무 궁금해가지고…….
도대체 왜 이런 일이 일어났는지랑 그런 걸 알기 위해서,
그래서 전활 한 거예요. 알겠습니다."

"네에."

바보인가? 아니면 바보인 척 고도의 심리전술을 쓰는

걸까? 아리송했다. 그냥 덮을까?

옥상에서 동네 뒷산을 한참 동안 멍하니 바라보다가 휴게실로 돌아왔다. 지난번에 마주친 적 있는 중년 남성이 내 쪽으로 쏜살같이 다가왔다. 뭔가 몹시 못마땅한 일이 생긴 모양인지 얼굴이 붉으락푸르락했다. 따지려고 온 걸까? 그의 뒤를 바짝 따라온 사람은 다름 아닌 전기공이었다. 그는 나를 힐끗 쳐다보더니 내 옆을 지나 맞은편 벽 앞에서 걸음을 멈췄다. 그가 전기공에게 말했다.

"이것도 좀 봐주세요."

전기공은 멀티 테스터에 연결된 리드봉 두 개를 콘센트 구멍에 집어넣었다.

"이상 없습니다."

다음날 3층 열람실에 있는 고장 난 콘센트 다섯 개는 모두 새 걸로 교체되었다. 디지털 자료실 정문에는 낯선 안내문이 나붙었다.

"우리 도서관은 지역 주민들의 편의를 위해 디지털 자료실을 점심시간에도 개방하기로 결정하였습니다. 앞으로 많은 이용 부탁드립니다. 단, 점심시간에는 복사, 출력, DVD 대출이 제한되오니 양해 바랍니다."

국민신문고에 올린 민원에 대해 다음과 같은 답변이 달렸다.

청운 도서관 디지털 자료실 담당자의 업무 태만에 대해 시정 조치 및 교육이 필요하다는 의견에 대한 답변을 드리고자 합니다.

민원인께서 말씀하신 '영화를 보고 잠을 잔' 부분에 대해 디지털 자료실 담당자에게 문의해보니, 컴퓨터를 통해 원격교육을 수강하거나 주민이 이용하신 DVD에 문제가 있을 시 확인한 경우가 있다고 합니다. 또한 한정된 공간에서 장시간 앉아 근무하다 보니 가끔 졸음이 오신 경우가 있다고 합니다. 앞으로는 이런 일이 발생하지 않도록 주의하겠습니다.

○○ 교육청 민원 담당자가 내게 건넨 말이 떠올랐다.
"뭔가 착오가 있는 거 같아서요."
그렇게 말 한 이유를 이제야 비로소 알게 되었다. 하지만 그렇다고 한들 민원인의 연락처를 함부로 제공한 건 분명 잘못한 일이고, 디지털 자료실 담당자가 사실대로 얘기했는지 아니면 적당히 둘러댄 건지 판별할 수 없었다. 말만 번지르르할 뿐 속으로는 쾌재를 부렸을지도 모른다.
계속 청운 도서관에 다니는 게 영 마뜩잖았다. 국가인권위원회에 진정서를 제출한 후로는 아예 발길을 끊었다. 도보로 30분 거리에 있는 시립 도서관을 이용했다.

어느새 한 달이 훌쩍 지났다. 급히 출력할 원고가 생기는 바람에 하는 수 없이 청운 도서관 디지털 자료실을 다시 찾게 되었다. 나는 그의 따가운 시선을 외면하며 곧장 컴퓨터 앞으로 걸어갔다. 시험 삼아 두 장을 인쇄했는데 상단에 두 줄 주름이 선명하게 새겨져 있었다. 나는 그에게 말했다.

"프린터가 이상 있나 본대요. 두 줄 주름이 있습니다."

"이건 프린터가 오래돼서 그런 겁니다. 어디에 제출할 거예요?"

"예."

나는 인쇄된 용지 두 장을 반으로 찢어 휴지통에 쑤셔 넣었다. 벌레를 피하듯 황급히 디지털 자료실을 빠져나왔다.

1층 현관을 나서는 순간, 그의 목소리가 들렸다.

"저기요!"

나는 걸음을 멈추고 3층에 있는 작은 창문으로 시선을 옮겼다. 그가 빼꼼히 고개를 내밀고 있었다.

"출력 몇 장 하셨죠?"

"두 장이요."

"그러면 인쇄비를 내셔야죠?"

"아니, 제가 말씀드렸잖아요. 용지에 주름 있다고."

"프린터가 오래돼서 그런 겁니다. 출력하셨으면 돈을 내야죠."

"거 얼마나 된다고⋯⋯. 제가 일부러 안 내겠습니까? 말씀드렸잖아요! 용지에 주름 있다고!"

그는 꿀 먹은 벙어리처럼 아무 말이 없었다. 나는 속으로 말했다.

'에이 씨발! 두 손 두 발, 좆까지 다 들었다! 니들끼리 알아서 자알 해 처먹어라! 어유, 병신새끼들!'

이상한 시츄에이션

아빠는 핸드폰이 없었다. 출생 이후 지금까지 쭈욱 핸드폰 없이 생활했다. 연락을 주고받을 친구가 별로 없어서 가능한 일이었다. 밖에 나가 있을 때 급한 용건이 생기면 공중전화를 사용했고 집에 있을 때는 집 전화를 사용했다.

그러던 어느 날 아침, 아빠는 밥상 앞에서 말했다.

"일 끝나고 핸드폰 사러 다녀올게."

엄마가 내게 속내를 털어놨다.

"핸드폰도 안 가지고 다니냐면서 지랄한대, 신태인 그놈이. 아 있잖아, 허구헌날 트집 잡는 놈! 일한 지 한 오 년

됐다지, 아마. 반장도 아니면서 지가 뭐라고…….”

“까딱 잘못하면 눈탱이 맞는디……. 내가 잘 알아봐서 하나 살게.”

“시청 건설과 말단 직원이 모든 걸 총괄하는데 그 양반 아내가 핸드폰 가게를 한대. 거기서 하기로 했어.”

아빠는 마뜩잖은 눈치였다. 약간 뜸을 들이더니 이내 입을 열었다.

“그 직원이 시청으로 넘어오기 전에 여성회관에서 오랫 동안, 한 십 년인가 일했다고 하더라고. 예전에 니가 여 성회관 직원한테 막 뭐라고 했다메? 그 사람일까 봐 그 러지…….”

“직책이 뭔디?”

“시설 관리직.”

약 일 년 전에 나는 여성회관 2층에 있는 작은 도서관 에 서너 번 갔는데 정말 어처구니없는 직원을 만나는 바 람에 뚜껑이 제대로 열린 적이 있었다. 그래서 몰래 민원 을 넣어 빅엿을 선사했다. 컴퓨터 네 대 중 두 대가 고장 났지만 고칠 생각은 전혀 없고, 사용 가능한 두 대는 악성 바이러스를 잔뜩 먹어서 버벅거리고, 마우스 패드가 없어 서 마우스를 움직일 때 인식이 잘 안 되고, 도서관 안에 서 버젓이 누군가와 시끄럽게 통화하고, 다른 직원이랑 잡담하고…….

가만 있어 보자, 그 사람 직책이……. 여성회관 1층 게시판에 붙어있던 업무 조직도가 흐릿하게 떠올랐다. 아마도 시설 관리직이었던 것 같다. 설마 이런 우연이? 진짜? 에이, 아니겠지?

학생복지회관 3층 휴게실에서 노트북을 켜고 여러 핸드폰을 잠시 살펴보다가 그만두었다. 그보다 먼저 해야 할 일이 있었다. 아빠 명의로 돼 있는 땅을 종산리 큰엄마가 자꾸 자기 땅이라고 우기더니 급기야 자기 멋대로 제3자와 임대차계약을 맺었다. 그래서 시청에 신고했는데 솜방망이 처벌이 내려지고 말았다. 종산리 큰엄마가 고령이기 때문에 착오로 인한 단순 실수에 불과하다는 논리였다. 이를 바로잡기 위해 행정심판청구서를 작성해야만 했다.

한참 정신없이 작성하던 와중에 엄마로부터 전화가 왔다.

"어디여?"

"도서관."

"문자 왔어, 직원한테서. 오늘 오기로 했는데 아직 안 오길래 문자 했다면서 언제 올 거냐고."

"아니, 그 사람은 공무원인데 그 시간에 왜 거길 가 있는 거여?"

"그런 말 말어."

"어련히 알아서 하련만 주객전도도 아니고 이건 뭐…….
날짜 잡은 줄은 몰랐지. 꼭 거기 가서 해야 돼? 딴 데 가
면 안 돼?"

"월급도 올려줬잖어, 삼십만 원. 하도 지랄 해싸니까 그
냥 혀. 현규 아저씨도 예전에 거기 가서 했대."

"오늘은 너무 늦었고 내일 갈게."

"연락처 보내 줄 테니까 바로 전화해, 내일 간다고. 오
늘은 일 때문에 바빠서 못 갔다고 하고."

문자 메시지를 확인한 후 그 직원에게 전화를 걸었다.
직원의 목소리는 꽤 굵었다.

"여보세요?"

살짝 긴장이 풀렸다. 정확하진 않지만 내가 기억하는 '
정말 어처구니없는 직원'의 목소리는 굵지 않았다.

"안녕하세요? 아버지가 핸드폰 개통해야 된다고 해서
전화 드렸는데요. 오늘 가기로 했었다고…….'

"아, 안녕하세요. 김종환 아저씨 아드님이시죠? 오늘
오신다고 했는데 아직 안 오시길래 문자 드렸는데요."

"오늘은 제가 일 때문에 바빠서 못 갔고요. 내일 갈까
하는데요."

"몇 시에 오시게요?"

"시간은 아직……. 내일 돼 봐야 알 것 같은데요."

"그럼, 오시기 전에 미리 전화 주세요."

"네, 알겠습니다. 내일 전화 드릴게요."

목소리로 봐서는 아닌 것 같은데 쉽게 단정 지을 순 없었다.

안방에 드러누웠다. 벽시계는 오전 10시를 가리키고 있었다. 장롱에 발을 비스듬히 얹고 눈을 감았다. 국민신문고에 올렸던 민원 내용을 확인해볼까? 엄마가 일러준 직원의 이름은 이동하였다. '정말 어처구니없는 직원'의 이름과 똑같은지 확인해보고 싶었다. 그러면 혹여나 일어날 불상사를 미연에 방지할 수 있다. 그러나 이미 간다고 얘기했고 엄마나 아빠가 가면 호갱 되기 십상이다. 바로 앞에서 대놓고 큰소리친 게 아니라 몰래 민원을 제기했을 뿐이니 그리 문제 될 건 없다는 결론에 다다랐다. 설마 내 이름이 노출되진 않았겠지?

자주 가는 카페에 들러 노트북을 켜고 폭풍검색을 했다. 세계 최고의 이야기꾼 살만 루슈디도 울고 갈 정도로 오묘하고 신비로운 이야기를 구사하는 핸드폰 판매업자에 대처하기 위한 만발의 준비를 마쳤다.

뙤약볕을 뚫고 상동까지 걸어갔다. 30분 남짓 걸린 듯

하다. 형제 안경원 왼편에 있는 대광통신은 예상과 달리 무척 허접했다. 띠까 뻔쩍한 간판과 깔끔하고 세련된 실내 인테리어 그리고 눈길을 확 사로잡는 춤추는 풍선 인형이 서 있겠거니 했건만……. 타임머신을 타고 십 년 전으로 되돌아가 버린 기특한 대리점이었다. 엄마의 부탁이 아니었다면 절대 가지 않았을 것이다. 대리점 안으로 들어섰다. 아무도 없는 줄 알았는데 40대 후반으로 보이는 표독스런 여자가 모니터 옆으로 얼굴을 삐죽 내밀었다. '물컵 갑질' 사건을 일으켜 세간을 떠들썩하게 만든 대한항공 전무 조현민이 불현듯 떠올랐다.

"안녕하세요. 전화하고 왔는데요. 아버지가 핸드폰 개통해야 한다고 해서……."

"아, 네. 안녕하세요."

푹신하지만 90도로 돼 있어서 다소 불편한 의자에 앉았다. 여자는 자리에서 일어나 뒤편에 있는 서랍을 열었다. 검은색 폴더폰 두 개를 꺼내 유리 테이블 위에 올려놓았다. 같은 기종이었다.

"SK랑 LG 꺼 있어요. 뭐로 하실래요?"

"KT는 없나요?"

여자는 띠꺼운 표정을 지으며 말했다.

"미리 말씀하시지……. KT 꺼는 없어요."

아니, 통신사를 미리 얘기하는 사람도 있나? 기가 찼다.

"KT로 해야 되는데……. 가족이 다 KT거든요."

"결합하시게요?"

"지금 당장은 아니고, 나중에 결합하려고요."

마지못해 여자는 어딘가에 전화를 걸었다.

"네, 여보세요? 대광인데요. 폴더폰 KT 꺼 있어요? LM 100K 모델이요. 네, 네. 있다고요? 그럼, 퀵으로 쏴주세요. 네, 네. 수고하세요."

그럼, 그렇지! 없을 리가! 매입해둔 물건을 파는 게 이득인 모양이었다. 나는 여자에게 말했다.

"혹시 스마트 클레오는 없나요?"

"뭐라고요?"

"스마트 클레오요."

여자는 키보드를 두드렸다.

"그런 건 없는데요."

"제가 KT 홈페이지에서 봤는데요? 없을 리가 없는데……."

"없어요."

설마 거짓말? 본사에서 파는 걸 대리점에서 안 판다고? 완강하게 나오니 별도리가 없었다.

"할부원금이 얼마죠?"

"이만팔천 원이요."

"네? 얼마라고요?"

"이만팔천 원이요."

여자는 시큰둥한 반응을 보였다.

할부원금은 소비자가 지급해야 하는 기곗값을 의미한다. '호갱님 탈출'을 위해 반드시 알아야 할 용어이고 반드시 물어봐야 하는 건데 너무 저렴해서 놀랐다. 스마트클레오는 팔만오천 원이었다. 도대체 어찌 된 노릇일까?

대리점 옆문이 열리더니 50대 초반으로 보이는 덩치 큰 남자가 불쑥 들어왔다. 줄타기하듯 가슴이 두근거렸다. 뭉크 그림에 등장하는 삶의 본질, 불안과 직면한 순간이었다. 100퍼센트 확신할 순 없지만 분명히 낯이 익었다.

"어이쿠, 오셨어요?"

나는 가볍게 묵례를 했다. 그리고 태연한 척 살짝 미소를 지었다. 남자는 모니터를 지그시 바라봤다. 잘하고 있는지 확인하는 듯했다. 나는 여자에게 말했다.

"효 요금제로 할게요."

"효 요금제요?"

"네, 효 요금제요."

"만팔천 원짜리 요금제로 하셔야 하는데……."

"아는 형이 효 요금제로 해드렸다고 그랬거든요."

"어디서 하셨는데요? 통신사가 여러 개라서……."

"KT요."

여자는 또다시 키보드를 두드렸다.

"효 요금제는 없는데요."

여자가 무뚝뚝하게 물었다.

"한 달에 얼마 나온대요?"

바지 주머니에서 핸드폰을 꺼내 메모장을 열었다.

"만오백사십 원이요."

"만팔천 원짜리 요금제로 하시면 한 달에 만천사백 원 나와요."

"……."

"매월 요금이 중요한 거 아닌가요?"

"KT 홈페이지에서 직접 봤거든요. 안될 리가 없는데……. 사실 제가 이런 거 빠삭하거든요."

"그럼, 거기 가서 하세요."

하지 말까? 짜증이 확 치밀어올랐다.

싸한 분위기를 감지한 남자가 중재에 나섰다.

"보통 만팔천 원짜리 많이들 하세요. 이 정도는 해야 통화하는 데 불편함도 없고……. 가격 차이도 별로 없으니까 이걸로 하시는 게……."

이때 남자가 입고 있는 청바지의 지퍼가 열려있다는 걸 알아챘다. 다행히 팬티가 보이진 않았다. 상황이 상황인 지라 "대문 열렸어요."라고 말할 순 없었다.

간신히 화를 가라앉히고 여자에게 말했다.

"명세서 좀 보여주실래요? 출력해주세요."

명세서를 간단히 살펴보았다. '기본 제공 데이터 300MB' 가 눈에 띄었다. 폴더폰인데 데이터라……. 어이가 없었다. 허나 애초부터 선택권은 존재하지 않았기에 임금을 마주한 내시처럼 넙죽 엎드렸다.

"이걸로 할게요."

남자는 안도하는 눈빛이었다. 여자는 아무런 내색을 하지 않았다. 의심한다고 여긴 건가?

남자가 내게 서류 뭉치를 건넸다. 뒤늦게 억울한 심정이 들었다. 얼토당토않은 요구를 받아들여야 한다니! 나는 이름을 적고 싸인을 하고 또 이름을 적고 싸인을 하고 또 이름을 적고 싸인을 하고…….

서류 작성이 마침내 끝났다. 남자가 내게 말을 걸었다.

"직업군인이라고 들었는데……."

"전역한 지 오래됐고요. 보성공공도서관 다닙니다."

"종환이 아저씨가 직업군인이라고 예전에 얘기한 적이 있어서, 그런 줄 알았네요."

남자는 머쓱하게 웃었다.

어색한 침묵이 흘렀다. 경찰서에 끌려가 취조당하는 듯한 묘한 기분이 들었다. 우측 진열장에 놓여있는 각종 핸드폰과 다양한 액세서리, 유리 테이블 위에 있는 최신 제품 카탈로그를 찬찬히 훑어보았다. 무료함을 달래기 위한 방편으로 보였겠지만 실은 남자와 눈을 최대한 덜 마주치기 위한 묘책이었다. 잠깐만 기다려 달라고 양해를 구하거나 미안해한다든지 뭐 그런 거는 진즉에 쌈 싸 먹었나?

잠시 후 상의, 하의, 헬멧을 죄다 검은색으로 깔 맞춤한 배달원이 대리점 안으로 들어왔다.

"핸드폰 왔습니다!"

배달원은 남자에게 작은 박스를 건넸다.

남자는 작은 박스를 열어 흰색 폴더폰을 꺼냈다. 유심칩을 끼우고 케이스를 부착하고 전원을 켰다. 직접 대리점에 전화를 걸어 개통 여부를 확인했다.

남자는 쇼핑백을 내게 건네며 말했다.

"멀리서 오셨는데 집까지 태워다 드릴게요. 가시죠."

최신 제품 카탈로그를 가방에 넣다가 모르고 떨어뜨렸다. 왼팔 엄지와 검지 사이에 작은 상처가 났다. 카탈로그 모서리가 칼과 다름없다는 생각이 들었다. 금세 새빨간 피가 새어 나왔다. 작가다운 면모 때문인지 이 미세한 상처가 예사롭게 보이지 않았다. 어떤 상징 같았다. 여자가 바닥에 떨어진 카탈로그를 주워 내게 건넸다. 예상 밖의 행동이라 떨떠름했다.

남자의 자동차는 제네시스였다. 일반적인 기준으로 봤을 때 말단 공무원과는 어울리지 않는 자동차였다. 하긴 요새는 필요성보다 자기 과시가 우선이다.

나는 조수석에 앉았다. 뒷좌석엔 유치원에 다닐 법한 남자아이가 유아용 안전벨트를 맨 채 곤히 잠들어 있었다.

"얘가 늦둥이예요. 딸 하나 아들 하난데 딸이 고등학생 때 얘가 태어났어요. 하하. 어렵게 나았죠. 그러다 보니 아주 그냥 힘들어 죽겠어요. 키우기도 힘들고 돈도 더 벌어야 하니까……. 결혼해야죠? 맞벌이해야 돼요. 아니면 풍족하게 살 수가 없어요. 공무원 월급이야 뭐 그닥 얼마 없잖아요? 꼬박꼬박 나오고 적지 않긴 하지만, 딱 그거밖에 없으니까……. 같이 버니까 그나마 괜찮은 거죠."

가시방석에 앉은 기분이었다. 나를 기억하지 못하는 건지 아니면 기억하지 못하는 척 위장하는 건지 몹시 궁금했다. 지금까지의 상황을 종합해 보면 기억하지 못하고 있을 확률이 더 높았다.

우측으로 현대 아파트가 보였다. 남자에게 물었다.

"현대 아파트 사시나요?"

"아뇨. 대광 로제비앙 삽니다. 두 달 뒤에는 영무 예다음으로 이사할 거예요. 여자들은 왜 그렇게 아파트 평수에 목을 매는지……. 32평도 넓은데……. 피(프리미엄) 천만 원 주고 샀어요."

남자는 말을 이었다.

"원래 와이프가 농협 다녔었는데 IMF 때 실직했어요. 퇴직금을 한 천만 원인가 받고 나왔죠. 그 이후에 핸드폰 가게를 했는데 벌써 10년 정도 됐네요."

그렇다면 상당히 오래 한 건데 손님도 없고 파리만 날리니……. 그 성깔 탓에 누가 오겠나 싶었다.

"딸애는 9급 공무원 준비하고 있어요. 뭐라고 안 하고 내비뒀더니 공부를 하는 둥 마는 둥 해요. 학창 시절에 공부를 꽤 했어요. 전남대 장학생으로 들어갔죠. 그래서 단번에 붙을 줄 알았는데……."

어느새 집 근처에 이르렀다. 남자아이는 여전히 꿈속에 머물러 있었다. 남자는 정중히 감사의 인사를 남기고 사라졌다.

군대에 있을 적에 한 동기 녀석이 내게 이런 말을 했었다.

"규정을 알면서 어기는 거랑 규정을 모르면서 어기는

거는 완전 차원이 달라."

이 말을 참고해서 말하자면 우리 가족은 알면서 당했
다. 모르면서 당한 것과는 다르니 안도해야 하나? 그닥
안도되진 않지만 아무튼 속수무책으로 당한 건 아니니
까……. 그런데 누군가가 '행하지 않으면 모르는 것과 같
다'라고 했다. 적극적으로 방어하는 모습을 보이지 않았
으니 결국은 피장파장인가?

엄마와 아빠는 안방에 앉아 TV를 시청하고 있었다. 나
는 아빠에게 나긋이 말했다.

"그 사람이 맞어. 근데 그 사람 앞에서는 암말도 안 했
어. 나중에 몰래 민원만 올렸지."

아빠는 아무런 말이 없었다. 엄마가 쏘아붙이듯 물었
다.

"커피라도 주디?"

"아니."

"커피도 안 줘?"

"아주 그냥 지가 여왕인 줄 알더만……. 독살스럽게 생
겨가지고 성격도 그지같고……."

쇼핑백에서 흰색 폴더폰을 꺼냈다.

"핸드폰 고리는 왜 없어? 안 가져왔어?"

"암것도 안 줬어."

우선 남자의 이름과 전화번호를 입력했다. 그다음 엄마, 나, 누나, 조카의 이름과 전화번호를 추가했다. 주소록은 보통 자음 순서대로 나열되는데 그게 아니었다. 맨 위에 남자의 이름이 있었다.

간단한 사용법을 아빠에게 설명해 줬다. 아빠의 어설픈 행동을 지켜보던 엄마가 다그쳤다.

"뽀짝 대, 귀에! 뽀짝!"

아빠는 배시시 웃으면서 말했다.

"알았어, 알았어."

나는 은근슬쩍 아빠의 의중을 떠보았다.

"이참에 집 전화 없애버렸으면 좋겄는디……."

"에이, 내비 둬. 어디서 전화 올지 모르잖여?"

"어차피 대부분 엄마한테 전화가 오는데 굳이 필요혀?"

엄마는 내게 그만하라는 듯 눈치를 줬다. 아빠가 슬그머니 일어나 세면장으로 향하자 엄마가 속삭이듯 말했다.

"일단 해지해. 내가 고장 났다고 할 테니까."

나는 집 전화를 가리키며 말했다.

"이거 원래 삼천 원이여, 월마다. 결합할인 받아서 천 원인가 천백 원인가 해. 해지하면 위약금 나올 거여. 그건 뭐 조금 내면 되니까……. 글고 2년 뒤에 아빠 꺼 요금제를 우체국 가서 싼 걸로 바꿔야 돼. 받기만 하면 되잖여?

받기만 하면 엄청 싸. 엄청 싼 게 있어."

"니가 알아서 혀. 난 잘 모릉게."

엄마는 조카에게 개통 기념 안부 전화를 걸었다. 조카의 낭랑한 목소리와 쾌활한 웃음소리가 귓가를 울렸다.

도서관 탐험기

문화예술위원회 박연희 차장님께

　안녕하세요. 연지 도서관 상주작가 선재혁입니다. 12
일에 오신다는 얘기는 현 담당사서에게 전달했습니다. 팀
장, 전 담당사서, 현 담당사서, 저 이렇게 총 네 명과 상담
할 예정이라고 일러두었습니다.
　첨부 파일은 제가 일주일 전에 작성한 진정서입니다.
진정서를 낼지 말지는 아직 결정하지 못했습니다. 혹여
도서관에 근무하는 동안 불이익을 받지 않을까 싶어서요.
그러니 진정서는 일단 참고만 해주시기 바랍니다. 12일에
대화를 나눈 다음 결정하겠습니다. 함께 오기로 되어있는
김미현 대리도 진정서를 미리 볼 수 있도록 해주시면 감

사하겠습니다.

솔직히 말씀드리자면 저는 일방적으로 얻어맞은 피해자에 불과하지만 그래도 어쨌든 불미스러운 일로 심려를 끼쳐드려 대단히 죄송한 마음을 갖고 있습니다. 차장님께 말씀드리지 않고 제 선에서 처리하려고 부단히 노력했으나 도저히 어쩔 도리가 없었습니다.

관장님은 잘잘못을 떠나 그냥 없던 일로 하자고 하십니다. 다른 직원도 그냥 없던 일로 하고 넘어가자고 합니다. 그래서 이번에 오시는 일이 긁어 부스럼이 되지 않을까 조심스럽고 결국 저에게 불덩이가 떨어질 것 같아 걱정됩니다. 물론 저는 전 담당사서와 팀장으로부터 아무런 사과를 받지 못했습니다. 팀장이 저에게 2차 가해를 가할 여지가 분명히 남아있습니다. 또한 전 담당사서는 말귀가 통하지 않는, 상식 밖의 인물이라서 화해는커녕 오히려 분쟁이 커질 것 같아 염려됩니다. 팀장도 만만찮은 인물이긴 하지만. 당연히 저는 객관적 자료를 토대로 차분하고 예의 바르게 상담에 응할 겁니다.

도서관에 근무해보니 상주작가는 약자에 불과하더군요. 이번 사건이 일어난 뒤 몇몇 분은 제 편을 들어주긴 했지만 사실 전적으로 제 편을 들어준 분은 단 한 분도 없다는 걸 뒤늦게 깨달았습니다. 저는 얼마 지나지 않아 나갈 사람이고 팔은 안으로 굽는 법이니까요.

모든 일은 반드시 옳은 이치대로 돌아간다고 했습니다. 차장님이 말씀하셨듯이 이번 사건은 정리할 필요가 있습니다. 중재자가 되어 올바른 얘기를 해주시기 바랍니다.

하고픈 말이 정말 많은데, 만나면 말씀드리겠습니다.

수고하십시오. 12일에 뵙겠습니다.

예정된 시간이 임박해오자 불안하고 초조했다. 도서관 2층에 있는 집필실을 빠져나와 1층으로 내려갔다. 한참 동안 현관 앞을 기웃거리다 우연히 김호연 사서와 마주쳤다.

"누구 기다리세요?"

"예술위원회에서 온다고 해서……."

"2층에 있던데……."

2층으로 올라갔다. 휴게실을 지나 부장실 앞에서 걸음을 멈췄다. 통유리 너머로 익숙한 얼굴들이 얼핏 보였다. 안쪽에서 흐르는 팽팽한 긴장감이 고스란히 전해졌다.

집필실로 돌아가 기다리기로 했다. 약 한 시간 뒤에 예술위원회 박연희 차장과 김미현 대리가 집필실 안으로 들어왔다. 인사를 나눈 뒤 의자에 앉았다. 박연희 차장이 먼저 말을 꺼냈다.

"여기 얘기는 아까 들었어요. 부장님, 팀장님, 전 담당자, 바뀐 담당자 이렇게 네 분이랑 같이 얘기했거든요."

"네, 아까침에 봤어요. 한 시 반에 오셨나요? 아니면, 두 시쯤에 오셨나요?"

"한 시 반에……."

"저는 오신지 몰라가지고…….

경찰과 마주한 피고인처럼 주눅이 들었다. 박연희 차장은 원래 내게 호의적이었다. 이번 사건이 걷잡을 수 없이 커지자 약간 거리를 두기 시작했다. 나와 도서관의 의견이 180도 다르기 때문에 최대한 객관적 위치에서 판단하겠다고 말했었다. 나는 말을 이었다.

"일단 제가……."

"그냥 자연스럽게 얘기하시면 돼요."

"말씀드리기가 참 어려운데, 음…… 제일 관건이 됐던 거는 지난번에 말씀드렸던 것처럼 근로계약서에 있는 거, 그거예요. 그니까 어…… 업무 내용에 '기타 기관장이 지시하는 사항'이 명시돼 있잖아요? 그거 때문에 문제가 생겼는데, 제가 간단하게 말씀드려도 되죠?"

"네."

미리 준비해둔, 무려 13페이지나 되는 진정서를 가방에서 꺼냈다. 박연희 차장이 내게 물었다.

"지난번에 주신 거랑 다른 거예요?"

"메일로 드린 거 맞아요. 근데 이건 제가 따로 준비한 거예요. 다시 한번 정리해서. 일단 그거부터 말씀드릴게요. 그때 제가 저쪽 열람실에서 글을 쓰고 있었는데 박미정 사서한테 전화가 왔어요. 다짜고짜 몇 시에 백양사역에 도착하냐고 묻더라고요. 저는 매일 광주에서 여기까지 기차로 출퇴근하거든요. 8시 20분에 도착한다고 하니까 그 시간에 맞춰 차를 보낼 테니 곧장 예술회관으로 오라는 거예요. 군민과 함께하는 신춘 음악회 준비 작업에 동참하라는 거죠.

저는 이미 여러 차례 행사 준비를 도와드렸어요. 감사 때 의자 세팅하는 거 도와드렸고, 청소년 힐링 음악회 무대 세팅하는 거 도와드렸고, 특강 준비하는 일도 도와드렸고……. 12월에는 강의 계획서 작성하는 일 말고는 별로 없었기 때문에 시간적 여유가 있었고 또 그 정도는 뭐할 수 있는 거잖아요. 군말 없이 도와 드렸는데 이런 식으로 나올 줄은 진짜 몰랐어요. 간곡하게 부탁했다면 들어줄 수도 있는 일이었어요. 부탁이 아니라 지시, 강요한 거잖아요. 그래가지고 제가 박미정 사서한테 팀장님에게 따로 말씀드리겠다고 했어요.

처음에는 정말 정중하게 말씀드렸죠. '제가 12월에는

바쁘지 않았기 때문에 부탁하신 거 해드린 거고 지금은 제가 바쁘니까, 좀 제한이 되니까 못 가겠습니다.' 그랬더니 팀장님은 왜 그걸 못 가냐는 거예요. 이해할 수 없다. 우리가 잠깐 가는 건데, 왜 못 가냐? 박미정 사서한테 규정을 갖고 오라고 하더라고요. 칼을 빼든 거죠. 다른 직원들도 있는 자리에서 그렇게 막 얘기하시니까 저로서는 상당히 끔찍했어요. 화도 나고⋯⋯. 직원들 앞에서 작가 한 번 길들여보세, 이런 느낌이 딱⋯⋯. 너무 좀⋯⋯. 근로계약서에 명시된 '기타 기관장이 지시하는 사항'을 가리키면서 '봐라! 여기 적혀있지 않냐?'라고 하시길래 제가 따졌죠. '아니, 그건 문학 프로그램에 관련된 내용을 지시할 수 있다는 얘기지 문학 프로그램이랑 전혀 상관없는 일을, 부당한 일을 지시할 수 있다는 얘깁니까? 그럼, 관장님이 저쪽 가서 손들고 있으라고 하면 손들고 있어야 합니까? 저는 여기 작가로 온 거고 집필하고 강의하면 되는데 왜 말도 안 되는 일을 지시하고 강요하십니까?' 그랬더니 니일 내 일 떠나서 좀 도와줬으면, 인간적으로 해줬으면 좋겠다고 부탁한 거지 내가 뭘 강요했냐고⋯⋯. 앞뒤가 안 맞잖아요, 부탁하시는 분이 규정을 들고 와가지고 규정이 이러니까 해야 한다고 말한다는 게.

박미정 사서가 두 달 동안 저를 완전히 깔아뭉개버려가

지고 스트레스가 엄청 쌓인 상태에서 갑자기 이런 일까지 생겨버리니까 아주 환장하겠더라고요. 아, 박미정 사서가 제멋대로 날뛴 이유가 있었구나, 박미정 사서보다 더 대단한 양반이 있었구나 싶었죠. 좀 더 놀랐던 거는 이런 걸 시킨 게 전혀 문제 될 게 없다고 생각한다는 거예요. 이런 말 하면 좀 약간 이상하게 들릴 수도 있겠지만, 예를 들어서 직장에서 여직원들한테 아무렇지 않게 함부로 성적인 농담 던지는 남자들 있잖아요? 그거랑 똑같아요. 뭐 그런 걸 가지고 그러냐면서 이상한 얘기 삑삑 했쌌는……. 그런 감각이 엄청 낮은 거죠. 요즘 젊은이들은 안 그러는데 나이 지긋하신 분들 중에 꼭 한두 명이……. 음, 암튼 문제 될 게 없다고 해버리니까 제가 너무 황당했던 거예요.

　작가로서 되게 자존심 상한다고 했더니 '뭘 자존심 상할 일이냐? 우리 직원도 한둘만 빼고 다 가서 작업했다.' 이런 식으로 교묘하게 합리화를 하더라고요. 글면은 제가 얘기하는 거죠. '도서관 상주작가 35명 중에 음악회에 가는 사람이 누가 있냐? 듣도 보도 못했다. 만약 한 명이라도 있으면 내가 하겠다. 한두 번이야 시킬 수도 있지만 그걸 권리인 양 계속 시키면 되냐?' 도대체 무슨 생각을 갖고 그렇게 하시는 건지, 참……. 제가 문단 선배나 어르신한테 물어봤거든요. 그런 게 어딨냐고, 그냥 바로 관장한테 보고하고, 예술위원회에도 다 얘기해버리라고……. 특히 박미정 사서는 제가 따로 말씀드릴 건데, 박미정 사서는 진짜 징계 수준이에요, 저한테 했던 행동들이.

솔직히 말씀드려서, 초반에는 살짝 언성을 높이긴 했어요. 근데 제가 뭐 욕을 했다거나 난동 피운 게 아닌데, 결국 핵심 본질은 업무 이외의 업무 지시 즉 갑질인데, 그거는 아예 싹 다 없애버리고 뒤에 있는 꼬투리만 잡아가지고 상주작가가 사무실 가서 큰소리쳤다, 이렇게 왜곡해버리는 거예요, 박미정 사서가. 정말 악의적으로 공격한 거죠.

실은 삼자대면을 하고 싶었어요. 근데 뭐 씨가 먹혀야 말이죠. 부장님이 중재자로 나서서 어쨌든 우리 안에서 잘 좀 해보자고 무진 애를 썼지만 수포로 돌아갔어요. 팀장님은 자신은 절대 잘못한 게 없다는 거죠, 티끌 하나도. 박미정 사서는 뭔 말만 하면 비꼬기 일쑤고……. 기분이 너무 상해서 더는 부딪히기 싫더라고요.

제가 관장님한테 막 하소연하고, 막 이렇습니다, 특히 박미정 사서와는 도저히 같이 못 가겠다고, 협조도 안 해주고 일을 저한테 다 떠넘긴다고 했더니 바꿔줬어요, 1월 인사이동이 있을 때. 도서관에서 한발 양보했다고 볼 수 있죠. 근데 제가 돌아가는 분위기를 보니까……. 저도 바보가 아니잖습니까? 직원들이 저를 뭐 욕하고 그런 건 아니에요. 근데 분위기가 이상하더라고요. 만약에 제가 관장님한테 '박미정 사서가 잘못했으니까 바꿔주신 거 아닙니까?' 이렇게 얘기하면, '그건 아니고 우린 잘못한 거 하나도 없어. 그냥 단순히 인사이동을 했을 뿐이야.' 요렇게 얘기할 수 있겠더라고요. 반대로 제가 관장님한테 '왜 조치를 안 해줬습니까?' 하고 물으면, '내가 바꿔줬잖아? 니가 문제 된다고 하니까 바꿔줬잖아?'라고 아전인수격 궤변을 충분히 늘어놓을 수 있겠더라고요."

나는 잠시 숨을 고른 뒤 말을 이었다.

"팀장님하고 박미정 사서가 끝까지 오리발 내밀 수 있었던 건 든든한 뒷배 때문이었어요. 알고 보니, 직원 한둘 빼고 음악회 가라고 지시한 분이 관장님이더라고요. 자신도 좀 뜨끔했을 거예요. 자신이 지시한 걸 상주작가가 지적하니까. 결국은 팀장님하고 박미정 사서 편들어버리는 거예요. 상주작가가 잘못했다는 뜻은 아니라고 하면서 주르르 얘기하시는데 결론은 상주작가가 좀 잘못한 게 아니냐, 부정적 이미지를 긍정적 이미지로 바꾸는 건 자네 탓이다, 이런 식으로…… 어쨌든 바꿔 주시긴 했어요. 지금 담당자님은 합리적이고, 얘기가 잘 통하고, 평판도 좋고, 딱 제가 원하던 분인데, 말씀드린 것처럼 팀장님이 바뀐 건 아니기 때문에 갈등의 여지가 남아있는 건 맞습니다만, 결국은 상주작가랑 담당사서랑 같이 가는 거기 때문에 크게 문제는 없을 거 같긴 해요. 제 생각을 솔직히 말씀드리자면, 팀장님이 저한테 오셔서 이만저만 해서 내가 이렇게 이렇게 갑질한 거 사과한다, 하고 그다음에 제가 글면 이만저만 해서 제가 그때 너무 속상해서 그랬는데 그래도 제가 뭐 초반에 언성을 높인 부분은 사과드립니다, 이런 식으로 돼야 하는데 기본 상식에서 한참 벗어나요. 사과를 안 하니까 갑자기 제가 붕 떠 가지고……. 도대체 무슨 논리를 갖고 계신 건지……. 그래서 제가 다른 분들한테 물어봤는데 좀 완강하신 분이더라고요. 말이 잘 안 통하고…….

그리고 이거는 제가 진정서에 쓰지 않았던 건데, 박미정 사서는 말이죠, 인격모독은 기본이고 사람을 막 가지고 놀아요. 말을 막 함부로 하고 되도 않는 말을 툭툭 던져버리는데, 매일 녹음하는 것도 아닌데 어떻게 다 기억을 하겠습니까? 제가 비난하려는 뜻은 아니고요. 암튼 다른 직원하고 트러블이 생겨서 1층에서 2층으로 쫓겨난 분이에요. 거기까지만 말씀드릴게요.

진정서에 있는 걸 구구절절 읽어드리긴 좀 그렇고 대충 그냥 말씀드릴게요. 제가 다른 작가들하고 얘기해 봤는데, 작가가 강의 계획서를 작성하면 그걸 토대로 담당사서가 실행 가능한 공문을 만드는 게 기본 룰이라고 알고 있었고, 세미나에서 우수 도서관 사례 발표할 적에도 다들 그렇게 들었거든요. 혹시 제가 잘못 생각할 수도 있으니까 여기저기 물어본 거죠. 근데 아예 공문을 다 떠넘겨버리는 거예요. 저는 공문을 올릴 권한도 없고 결재권자도 아닌데……. 제가 작성한 공문이 박미정 사서가 작성한 걸로 돼 있어요. 그렇다면 제가 따질 수 있죠. 이거 담당자가 직접 작성한 거 맞습니까? 아니요. 그러면 저한테 떠넘기셨네요? 이렇게 얘기할 수 있는 거거든요. 사실 공문 정도야 제가 만들 수 있어요. 충분히 만들 수 있는데 니가 하는 게 맞다고 하니까 열 받는 거죠. 기껏 도와줬더니……. 문학 프로그램을 운영하다 보면 협의할 사항이 많아요. 모집 공고부터 시작해서 예산 편성까지 죄다 니가 다 알아서 하라고 던져 버리니까 박미정 사서는 차라리 없는 게 낫겠더라고요. e나라도움(국고보조금 통합관리시스템) 그거 하는 거 외에는 실질적으로 하는 일이 없다고 봐야 해요.

예를 들어서 제가 한 번 말씀드릴게요. 지난번에 제가 상지 고등학교에 다녀왔어요. 자소서(자기소개서) 강의하러 간 건데 강의하러 가기 전에 박미정 사서한테 이거 어떻게 하냐고 하니까 상지 고등학교 홈페이지 들어

가서 교무실 전화번호 알아낸 다음 교장 선생님하고 직접 통화하라고 하더라고요. 그래서 저는 담당자가 누구냐고 물었죠. 담당자 모른대요. 한마디 하려다가 꾹 참았어요. 홈페이지 들어가서 전화번호 알아낸 다음 교장 선생님, 담당자랑 통화했죠. 몇 개 학급인지, 몇 시간 원하는지, 강의실은 어디로 할 건지 싹 다 물어서 제가 강의 계획서랑 공문 다 작성했어요. 여까진 뭐 그렇다 치는데 강의 전날 상지 고등학교 담당자한테서 갑자기 전화가 왔어요. 어떤 여성 직원이랑 통화했는데 한 학급만 한다고 했다는 거예요. 저는 두 학급을 한다고 했거든요. 무슨 소리냐고, 두 학급 하는 거 맞으니까 그렇게 알고 계시면 됩니다, 하고 전화를 끊었어요. 도와주진 못할망정 되레 업무를 방해한 거죠.

부장님한테 이만저만해서 이렇습니다, 하고 얘기했더니 박미정 사서랑 서로 소통이 안 돼가지고 어떤 착오가 생겼지 않느냐, 라고 물어보시더라고요. 제가 그게 아니고, 제가 충분히 언급했는데도 불구하고, '그냥 너는 계약직 직원이고 나보다 밑이고 9급도 아닌 딱 말단인데 내 말을 들어야지 니가 왜 개기냐? 감히 팀장님한테 큰소리치냐!' 이런 막말을 거침없이 쏟아냈다고 했죠. 인식 자체가 그 모양이니 모든 게 어긋나 버리는 거예요. 저는 작가로서 도서관과 동등한 입장에서 계약을 했고 그 누구보다 높지도 낮지도 않은데 이딴 식으로 취급해버리니까 참……. 제가 특별대우를 해달라고 했거나 위세를 부렸다면 모를까 이건 도저히……. 암튼 뭐 그렇습니다."

"그러면 지금 새로 오신 분하고 문학 프로그램 진행하는 데는 별문제 없으세요?"

"예, 아직까지는 전혀 문제없어요. 관장님도 부장님도 바보는 아니니까 문제 있는 사람을 택하진 않았겠죠. 새로 바뀐 분하고 이런저런 얘길 했어요. 어느 정도 알겠다고, 웬만하면 잘 맞춰주겠다고 하시더라고요. 저도 잘 맞춰서 노력하겠습니다, 하고 지금 담당자님이랑 잘 지내고 있습니다. 원활하게 의사소통하면서 도와드릴 건 도와드리고 부탁할 건 부탁하고 뭐 그런 식으로 하고 있어요."

"다행이네요. 담당자가 제일 중요한데……."

"제가 메일로 말씀드렸듯이 여차저차를 떠나서 어쨌든 일을 만든 거잖아요. 그래서 죄송한 마음인데 또 한편으로는 되게 억울한 거죠. 저는 당연히 말썽쟁이가 아닌데 갑자기 여기 와서 말썽쟁이가 돼버려서……. 제일 억울했던 거는 박미정 사서가 저한테 '왜 외부자가 여기 와가지고 불협화음을 일으키냐?' 이렇게 말하면서 저를 가해자 취급한 거예요."

"일단 저희는 예술가를 많이 접하잖아요. 근데 도서관이나 교육청 이런 데는 작가들을 잘 몰라요. 작가들의 성향이나 배려해야 할 부분을……."

"잠시만요. 입이 다 말라서 물 좀 가지고 올게요."

직원 휴게실에 있는 종이컵 세 개에 물을 부어 쟁반에 담아왔다.

"어, 감사합니다. 아까 먹었는데……."

나는 물을 한 모금 들이켰다. 박연희 차장은 계속 말을 이었다.

"그래서 이해를 잘 못 하는 부분들이 좀 있긴 있어요. 그리고 교육청은 조금 더 약간 그렇잖아요? 군대 비슷한 거 아시죠? 지자체도 약간 그런데……. 그니까 공무원이랑 작가랑 진짜 달라요. 생각하는 게. 같은 언어를 써도 해석하시는 게 다르시더라고요. 이번 일을 경험 삼아서 이분들도 많이 변하지 않을까, 그런 생각이 들어요. 사실은 이분들도 시간 강사를 활용한 프로그램 위주로 했지, 이렇게 출퇴근 형식으로 하는 사업은 처음이라서 시행착오가 좀 있었던 것 같아요. 저희도 완벽하게 세팅이 된 상태에서 사업을 시작하면 좋은데 사실 이게 2017년도에 시범적으로 운영된 건 아시죠?"

"네."

"그래서 사실 지금 이거는 도서관과 작가 그리고 예술위원회가 함께 만들어 간다고 보시면 돼요. 저희가 작년에 전수조사를 했던 이유도 이렇게 좀 하나하나 발전해가기 위해서였어요. 의견수렴을 해서 바꿔 가는 거죠. 근데 그러는 와중에 약간 삐그덕거리는 부분은 어쩔 수 없는 거 같아요. 저희도 그런 부분은 안타깝기는 한데 그렇다고 아예 그냥 여기는 이런 프로그램만 해라, 라고 딱 주게 되면 관리하기는 되게 쉽지만 그 작가의 특성이나 아니면 그 지역 도서관의 개성을 살리기 어렵잖아요? 너무 틀에 박혀버리는 거죠. 그래서 저희가 만들어 가시라고 약간 자율성을 드렸던 건데 그게 의외로 되레 트러블이 되는 경우가 있는 것 같아요. 저희는 이 사업이 좀 더 발전해서 많은 작가님이 계속 혜택을 받았으면 좋겠어요. 좀 더 잘해드려야 하는데 전국을 상대로 하다 보니까 시간 내서 오기도 쉽지 않고, 전화 주셨을 때 바로 와서 해결했으면 좋았을 텐데……. 그런 부분은 죄송하게 생각해요. 그때는 교부금 지급에 문제가 생겨서……. 돈이 안 나가면 월급을 못 받으시잖아요."

　"네, 알고 있어요."

　"제일 우선순위가 돈 지급하는 거라서 일단 그거부터 해결하고 최대한 빨리 저희가 온 건데 좀 서운한 부분은 풀어버리시고 새로 바뀐 담당자랑 프로그램 잘 운영하시고 집필활동도 잘하셔서 좋은 성과 내시길……."

"네."

"사업 담당자가 이렇게 딱 둘이에요. 다른 도서관도 와 달라고 막 얘기하는데 지금 제일 먼저 온 데가 여기 연지 도서관이에요."

"다른 도서관은 뭐 또 있었어요?"

"거기도 여기처럼 인사이동이 있었는데 자리 이동하고 나서 작가님 다이어리가 없어졌대요. 그 부분이 좀 서운 하셨던 것 같아요."

"저에 비하면……. 정말 그러고 싶다. 다이어리 하나 잃 어버리고 싶다……."

박연희 차장과 김미현 대리는 멋쩍게 웃었다.

"그분은 그게 제일 소중한 보물이래요."

"아, 그래요?"

"그래서 저희도 되게 안타깝게 생각하고 있어요. 도서 관에서 빨리 찾을 수 있도록 해야 하고……. 일부 도서관 은 집필 공간 때문에 트러블이 있더라고요. 도서관이 의 외로 여유 공간이 별로 없어요."

"네, 맞아요. 근데 여기는 시설이 잘 돼 있어요. 한 달 에 네 번 독서 모임 있을 때 빼고 이 강의실은 완전히 제

차지죠."

"진짜 여기는 시설이 되게 좋은 것 같아요."

박연희 차장은 말을 이었다.

"여기 오기 전에 저희 부장님이랑 본부장님한테 보고를 드렸어요. 작가님이 스트레스를 많이 받고 계신다, 그랬더니 되게 걱정하시더라고요. 그래도 담당자가 바꼈다고 하니까 조금은……."

"그렇긴 한데 앙금이 남아 있어요. 팀장님이 사과는커녕 너무 강경하게 나가시니까 약간 긴장감이 있는 거죠.

두 달간 있어 보니 도서관의 내막이 쫙 보이더라고요. 그래서 말씀드리는 건데, 오히려 제가 박미정 사서를 대변해서 살짝 말씀드리는 건데, 관장님이 나중에 장성 군수 나갈 분이라서 욕심이 엄청 많아요. 웬만한 국가사업은 다 하려고 하니까 이쪽 사람들은 스트레스 엄청 받고 있었던 거죠. 그 상태에서 제가 떡 하니 온 거예요. 그니까 어지간하면 좀 니가 알아서 하라는 건데 아무리 그렇다 할지라도 이건 아니잖아요? 양보할 수 있는 선을 훌쩍 뛰어 넘어버렸기 때문에 인자 이렇게 됐던 거고……. 누구라도 저처럼 얘기했을 거예요. 전 그나마 욕 안 하고 난동 안 부렸어요.

일단 저는 사과하라는 거예요. 사과를 요구하는 거예

요. 근데 안 하시죠. 그렇다고 해서 제가 더 강하게 나갈 수 없어요. 왜 그냐면 일단 담당자를 바꿔줬잖아요, 자의든 타의든 간에. 바꿔줬기 때문에 여기서 또 도서관이 양보하진 않을 거예요. 그러면 엄청 자존심 상하하겠죠. 저는 그걸 자존심 상할 일이라고 생각 안 하지만 딱 보니 그런 거죠. 내가 이만큼 양보했으니 니가 그냥 좀 조용히 살아라, 이런 뜻이에요. 안 그래도 다른 직원이 저한테 시끄럽게 하지 말라고 하길래 따끔하게 한마디 하려다가 말았는데…… 제가 뭐 큰 목소리 낼 수 있는 입장도 아니고……. 사실 저는 진짜 더 쎄게 나가고 싶었는데 제가 죽을 것 같더라고요, 스트레스 받아서. 아무쪼록 잘 지내서 이 일을 끝까지 완수하는 게 급선무라고 생각했어요.

솔직히 저는 예술위원회가 저를 적극적으로 대변해주길 원했어요. 근데 앞뒤를 재보니까 답이 안 나오더라고요. 돌려서 얘기하거나 권고를 할 순 있겠지만 큰소리칠 수 있는 입장은 아니지 않습니까? 저는 일종의 위탁이 된 거잖아요? 제가 집필 방해받았다고 하니까, 아니 우리가 집필실도 제공해줬고 컴퓨터도 제공해줬고 강의 현수막도 만들어주고 다 했는데 뭘 그렇게 집필 방해했냐, 이런 식으로 논리를 펼치는 거예요. 예술위원회가 우리를 나무랄 입장이 아니다, 진짜 열 받으면 사업 포기할 수 있다,

우리 꺼 사업 아니니까 밑질 거 없다, 엎어지면 예술위원회에 득 될 게 없다, 이렇게 하면 예술위원회도 입장 난처할 거다, 이런 말도 서슴지 않았죠. 아, 이 사람들은 그런 마인드구나. 비로소 깨달았죠. 심지어 저는 이런 소리도 들었어요. 제가 막 따지니까 박미정 사서가 뭐라고 한 줄 아세요? '당신이 도서관이랑 계약했지, 예술위원회랑 계약했어요? 월급도 우리가 주고 있어요.' 주객전도도 유분수지……. 정말 영악한 양반들이에요."

박연희 차장은 두 눈에 살짝 힘을 주며 처음으로 수첩에 뭔가를 적었다. 매우 괘씸해 한다는 걸 직감적으로 느꼈다. 나는 계속 말을 이었다.

"교부금 지급 때문에 복잡할 때 이쪽에서 어떻게 나온지 아세요? ○○ 교육청에서 사업 포기한다고 하니까 거기에 동조했어요. 다른 도서관은 그런 게 어딨냐고 따졌는데……. 안 그래도 상주작가 꼴 보기 싫은데 잘 됐다 이거죠. 법적으로 자기네들이 함부로 할 수 있는 권한이 없고 자칫 잘못하면 고소당할 수 있다는 걸 뒤늦게 알고는 접긴 했지만.

어차피 음악회든 뭐든 있으면 다 부르려고 했어요. 마인드 자체가 그렇기 때문에 제가 차라리 초창기에 잘 얘기했다 싶어요. 안 그랬으면 피 말렸을 거예요. 박미정 사서가 만약에 안 바꼈으면 진짜 중간에 뭔 일 났을 거예요. 전화위복이라고 생각해요. 예술위원회가 없는 와중에서도 제 나름대로 권리 행사를 했고 소기의 목적을 달성했다고 봅니다. 잘못한 건 없지만 일단은 안 시킨다고 했거든요. 잘못은 없다고 하죠. 업무 이외의 업무를 지시했다는 걸 인정하는 순간, 징계잖아요."

"중간에 현장 점검이 있을 거예요. 개별 미팅도 하고 이 사업에 대한 평가도 하고……."

"그거 때문이라도 제가 정말 담당사서를 바꾸고 싶었어요. 근데 제가 뭐 바꿀 권한이나 그런 건 없잖아요. 그냥 단도직입적으로 얘길 했죠, 담당사서가 좀 그렇다고."

나는 슬쩍 물었다.

"어떤 얘기가 대충 오갔는지 저는 좀 궁금한데요."

"팀장님이 주로 얘길 하셨어요. 이제는 강제로 끌고 가는 일은 없을 거라고……. 현재 운영하고 있는 문학 프로그램 있잖아요? 그거만 충실하게 하시면 좋을 것 같다고 그렇게 얘기하시더라고요. 전 담당사서는 업무가 엄청 많은가 봐요. 업무가 늘어나니까 그거에 대한 부담감 때문에 스트레스가 좀 있었던 거 같아요."

"아무리 그래도 그렇지 다른 상주작가에 비하면 엄청나게 담당사서를 도와주고 있는데 이렇게 멸시를 당해 버리

147

니까……. 제가 거의 9, 10을 다 했던 거 같아요. 근데 담당사서는 1도 니가 다 해야 한다, 그런 마인드였어요. 일하기 싫어했죠. 귀찮아하고……."

"이쪽 팀도 엄청 많은가 봐요, 일이?"

"평생교육을 여기서 진행하기 때문에 주민들이 다 이쪽으로 와요. 글면 눈길이 이쪽으로 더 가죠, 관장님은. 주민들 상대하는 거니까 좀 더 잘 하길 원하고, 좀 더 체계적으로 원활하게……."

"예, 예."

"사실 팀장님하고 굳이 말다툼하고 싶진 않았어요. 박미정 사서가 팀장님한테 '이거는 시키시면 안 됩니다. 부탁은 할 수 있지만 절대 지시하시면 안 돼요.' 이렇게 얘기해야 하는데 그걸 아예 안 하고……. 그것까진 좋아요. 얘기를 안 한 것까진 좋은데 중재를 아예 안 한 거죠. 중재는커녕 충성 모드로 돌변해서 팀장님 편들어버리니까 인자 딱 나는 잘못한 게 없소, 이렇게 돼버렸죠. 만약에 입바른 소릴 했다면 조금이라도 고쳐 볼 생각을 했을 거 아녜요? 암튼, 저는 뭐 이런……. 암튼 저는 잘 지내겠습니다. 솔직히 말씀드리면 저는 잘못한 건 없어요. 하지만 잘 지내겠고요. 마무리 잘하겠습니다. 저도 살아야 되니까."

"근데 혹시 서랍장은 담당자한테 얘기해보셨어요?"

"서랍장이요? 바뀐 담당자님이 구해주신다고 했어요. 뭐 이런 사소한 거까지 말씀드리고 싶진 않았는데 하도 너무 그러니까……. 박미정 사서는 이미 다 알고 있었어요. 아예 관심을 꺼버린 거죠."

"더 얘기하고 싶은 거 있으세요?"

"아니, 없습니다."

"여기가 집필 공간이죠? 사진 찍어도 되죠? 방음이 잘 안 되나 봐요?"

"방음이 좀 잘 안 돼요."

박연희 차장은 컴퓨터가 설치된 책상을 핸드폰에 담았다. 통유리 너머로 머뭇거리고 있는 관장이 보였다. 나는 박연희 차장에게 말했다.

"관장님인데요?"

관장은 집필실 안으로 들어왔다.

"예술위원회에서 오신 분들인가요?"

나는 박연희 차장, 김미현 대리와 함께 관장에게 인사를 건넸다.

"관장실에서 할 건데……. 내가 있어선 안 된가?"

관장은 슬쩍 내 눈치를 살폈다. 박연희 차장이 대신 답했다.

"얘기가 다 끝나서……."

내가 잠시 끼어들었다.

"얘기하시……."

"아니, 아니, 지나가다……. 오늘 온다는 건 들었는데, 출장 업무 끝나고 계신 거 같아서, 인사드리면 좋을 것 같다고 생각해서……."

박연희 차장이 관장에게 말했다.

"감사합니다. 상주작가님 잘 좀 부탁드릴게요."

"예, 예. 관장실로 가십시다. 차도 한잔하시고, 우리한테 할 말 있으시면 다 허시고……. 1층이 관장실이거든요. 말씀 나누시고……."

관장이 밖으로 나가자 박연희 차장이 김미현 대리에게 속삭였다.

"동네 할아버진 줄 알았어."

나는 박연희 차장을 바라보며 말했다.

"마지막으로 말씀하실 거……."

"저희야 뭐 잘 지내시면 그걸로 만족하죠. 양쪽 얘기를 다 들어봤으니까 사업 진행하면서 트러블 생기는 그런 요소가 있는 부분들은 검토를 해볼게요. 작가님들이 직접 얘기하기 힘든 부분들이 충분히 있고, 도서관도 도서관 나름대로 원하는 방향이 있을 거예요. 좋은 방향으로 개선이 될 수 있도록 고민을 좀 해볼게요. 그리고 이런 의견을 주시면 저희 담당자끼리만 알고 끝나는 게 아니라 부장님이랑 본부장님한테 당연히 보고를 드려요. 근데 그러기 전에 작가님이 도서관과 잘 풀 수도 있는 거라서……. 그렇게 일을 크게 벌일 필요는 없잖아요."

"맞습니다."

"그래서 좀 조심스럽게 접근했던 거구요."

"안 오시는 게 가장, 요쪽에선 좋은데…… 안 되니까……."

"부장님하고 본부장님도 충분히 알고 계세요. 오늘 가서 최대한 얘기를 잘 들어드리라고 말씀하셨죠."

"뭐 제가 잘해야죠."

"스트레스 안 받으셨으면 좋겠어요. 집필 활동이나 프로그램 이런 거 진행하러 오신 건데 괜히 사람 때문에 스트레스 받으면……. 그니까 업무보다는 사람에 대한 스트레스가 더 심하잖아요. 아무리 일이 힘들어도 사람하고만 잘 맞으면 스트레스가 적은데……. 이제라도 암튼 담당자가 교체돼서 정말 다행이에요. 새로 오신 분이 완도 도서관에 계셨던 분이더라고요. 작년에 한 번 신청하셨다가 작가가 없어서 포기하셨는데, 되게 좋으시더라고요. 처음부터 그분이랑 만났으면 잘 지내셨을 텐데……. 경험이라고 생각하시고……. 경험 안 했어도 될 만한 일이긴 하지만……."

"문학 프로그램 그런 건 걱정 안 하셔도 되고요. 결국은 인간관계가 힘든 거잖아요."

김 대리가 씽긋 미소를 지었다.

"그쵸. 저희도 사실 힘들어요. 다 잘 지내는 건 아니거든요. 같은 공간에서 계속 봐야 되고 하니까 어떻게 보면 타협하고 지내는 거죠. 직장 생활이 쉽지가 않잖아요."

"예, 제가 대위로 전역했는데, 사실대로 말해서 군대는, 직장생활도 만만치 않고 힘들긴 한데, 군대는 한 그것의 열 배 정도거든요. 계급 사회라서······."

"그래도 거기는 딱 고 룰에 맞춰서 가면은······."

"아침부터 욕하고 저녁에도 욕하고 끝나거든요. 그렇게 험악한 데서 지내고 와서 별로 그런 거 없을 거라 생각했는데 욕보다 은근히 갈구는 게 더 심하다는 걸 알았어요. 암튼 뭐 잘 지내고 마무리 잘할게요."

"잘 부탁드릴게요."

"어, 근데 관장님한테 잠깐 차 마시러 가시는 거예요?"

"잠깐 뭐 인사만······."

"너무 길어질 것 같아요. 차장님이 걱정스러워서······."

"왜요?"

"엄청 말······."

"아, 그냥 저 가야 되는데······."

"그렇게 인사만……. 잡히면……."

박연희 차장과 김미현 대리는 함박웃음을 터트렸다.

두 분과 함께 1층으로 내려가 관장실로 향했다. 역시나 붙잡히고 말았다. 나는 관장실과 연결된 사무실로 가서 빈 의자에 앉았다. 문이 열려 있어서 대화 소리가 나지막이 새어 나왔다. 관장은 예술위원회에서 진행하는 사업 가운데 도서관과 관련된 사업에 대해 물어보다가 은근슬쩍 본론으로 넘어갔다.

"상주작가가 평소에 처신을 똑바로 했으면 담당사서가 그렇게 나왔겠어요? 자꾸 비협조적으로 나오고 지시한 사항에 대해 불만을 가지니까 자꾸 틀어지고 어긋난 거죠. 저희는 상주작가가 집필하고 강의할 수 있도록 여러모로 편의를 봐줬는데, 진짜 난감합니다."

쓰디쓴 모멸감이 밀려왔다. 성추행당한 여성에게 평소 행실이 어땠으면 그랬겠냐는 식으로 몰아세우는 것과 다름없었다. 문이 열려있다는 걸 뒤늦게 알아챈 김호연 사서가 황급히 문을 닫았다.

박연희 차장과 김미현 대리는 30여분 후에 풀려났다. 두 분을 현관 앞 주차장까지 배웅하면서 정말 하고픈 말이 있었지만 예의가 아닌 것 같아 접기로 했다.

"무슨 얘기 했는지 다 알겠네요. 관장님이 제 욕하죠?

우리 도서관은 잘못한 거 하나도 없고 예술위원회가 상급
기관이라고 해서 우리한테 함부로 깝치지 말라고 정신 교
육한 건대요."

늦은 저녁, 광주행 무궁화호에 몸을 실었다. 객차 안은
비교적 한산했다. 잠시 후 카톡 신호음이 울렸다. 내 속을
훤히 꿰뚫고 있는 기환이 형이었다. 형은 목포 도서관에
서 상주작가로 활동하고 있었다. 형이 보낸 메시지는 다
름 아닌 ○○일보 사회면에 실린 짧은 기사였다.

"11일부터 예술인 복지법 개정안이 시행됨에 따라 예술
인의 법적 권리가 한층 강화된다. 예술인의 지위와 권리
를 명시한 제3조에 '모든 예술인은 인간의 존엄성 및 신체
적, 정신적 안정이 보장된 환경에서 예술 활동을 할 권리
를 가진다.'는 조항이 신설됐다. 예술인의 자유로운 예술
창작활동 또는 정당한 이익을 해치거나 해칠 우려가 있는
불공정행위에 관해 규정한 내용 중 '우월적 지위를 이용해
예술인에게 불공정한 계약조건을 강요하는 행위'가 '우월
적 지위를 이용하여 예술인에게 불공정한 계약조건을 강
요하거나 계약조건과 다른 행동을 강요하는 행위'로 개정
돼 범위가 넓어졌다."

뒤로 흐르는, 도시의 불빛들을 지그시 바라보았다.

며칠 전에 엄마가 한 말이 문득 떠올랐다.

"지들이 누구 땜에 밥 먹는데? 그따위로 대접하면 쓰겄어? 썩을 놈들 같으니라구!"

을의 반격

ㄹ

"선배님?"

"어, 그래."

"통화 가능하세요?"

"어, 괜찮네."

"서울이신 거죠?"

"어. 어제 와서 자고, 나와서 아침 먹고……."

"게스트하우스요?"

"그렇지. 평일에 잘 고르면 18,000원이면 자. 아, 18,000
원 아니라 15,000원 계약했다. 일박에. 이박이라서 30,000
원, 근데 주말 끼면 25,000원이야, 지금 내가 자는 데가."

"선배님이 하나 알아두시면 좋은 게 있어요. 문래동 창
작촌."

"문래동?"

"예. 거기가 엄청 싸요. 시설도 끝내주고."

"어. 맞다. 거기 한 번 신청한다고 하고선 매번 까먹어."

"근데 거기는 약간 단점이 있어요. 2주 전에 신청해야
돼요."

"아, 그래? 얼핏 기억이 나긴 한다. 신청하려다가 좀 복
잡해서 못한 적이 있어."

"2주 전에 신청서를 내면 입실 1주일 전에 답장이 와
요."

"하루 머물려고 그 애를 쓰는 건 참 쉽지 않다. 물론 뭐
정해진 일정이면야 되는데……."

"제 얘기는 일주일 머무신다거나 이삼일 머무실 때 괜
찮다는 거죠. 암튼 되게 좋아요."

"그래. 담에 일정 잡히면 이용해야겠다. 숙박비도 만만
치 않아. 글고 거긴 훨씬 쾌적하고 1인실이잖아. 여긴 도
미토리라서 아무래도 좀 불편하지. 그건 그렇고, 전화는
해봤는가?"

"예?"

"민정 씨한테 전화해봤어?"

"안 그래도 말씀 드리려고 했는데요. 일단 제가 A4용지
에 내용을 어느 정도 정리를 한 다음에 논리정연하게 얘

기를 했어요, 박민정 담당자님한테."

"그래, 그래."

"요만조만 해서 이렇고 이러저러해서 이렇다. 선배님한
테 얘기한 거를 다 얘기한 거예요. '원래 매주 목, 금요일
총 4강이었는데 서점 대표가 화, 수, 목요일 총 7강을 해
달라고 강요했고 독서 모임 대신 독서 모임 인큐베이팅
프로그램을 하라고 했다, 수차례 거절 의사를 밝혔음에도
불구하고. 최초 사업 계획서를 분명히 제가 작성했는데
그거랑 완전히 어긋난다. 그리고 서점 대표는 작가를 무
시하는 발언을 여러 번 했고 이번 사업에 대한 이해도가
현저히 떨어진다. 사업을 시작하기도 전에 이렇게 완전히
의욕을 상실시켜버리니 정말 총체적 난국이다.' 이렇게 얘
기하니까 박민정 담당자님이 그러면 최초 계획대로 할 자
신 있냐고 물어보더라고요, 저한테. 당연히 저는 최초 계
획대로 할 수 있다. 그러면 자기가 얘길 하겠다. 최초 계
획대로 하는 게 맞고 서점 대표님이 작가에게 어떤 걸 제
안하실 순 있는데 절대 강요할 수 없고 작가가 안 한다고
하면 안 하는 거라고."

"그렇지!"

"근데 솔직히 걱정되더라고요. 이렇게 얘기하면 혹시나
괘씸하다고 여기고 저를 쪼거나 괴롭히지 않을까 싶어서.

어차피 제가 수차례 간곡히 얘기했는데도 안 됐기 때문에 말해주시는 게 나을 것 같아서 일단 말해달라고 했어요."

"그래."

"전화 끊고 한 5분 뒤에 바로 대표한테 전화가 왔어요."

"대표한테?"

"네. 대박이었어요. 본색을 드러낸 거죠. 말은 정말 점잖게 해요. 욕도 안 하고 말을 되게 돌려 돌려서 조리 있게 얘기하는데 결국 뭐였냐면……. 아무런 상의도 없이 한국작가협회에 얘기한 거는 예의가 없는 거다."

"이야! 그래?"

"그리고 신뢰가, 관계가 완전히 깨졌다. 그건 나랑 상의할 일이지 왜 거기에 얘기하냐."

"아니, 얘기했잖아. 허허."

"제가 얘기했는데 안 바꿔주셨잖아요? 이렇게 얘기하니까는 어물쩍 넘기고선 다짜고짜 협박하더라고요."

"에? 뭐라고?"

"하기 싫으시면 작가를 교체하겠다는 거예요."

"아이고, 웃기네, 이놈. 허허."

"'교체할게요. 뭐 어쩔 수 없죠.' 쉽게 말해서 하기 싫으면 말라는 거죠, 딴 사람 많으니까. 큰소리치더라고요, 지가 오히려. 그래서 제가 '아니, 대표님. 뭘 잘못 알고 계신 거 같은데요. 대표님이 교체하실 권한이 있어요?' 그랬더니 '내가 하고 싶은 걸 하자고 하는데 작가가 안 한다고 하니까 교체할 수밖에 없다.' 이런 식으로 얘기하더라고요. 자기가 끝까지 갑인 줄 아는 거죠."

"그래. 계속 자기가 갑인 줄 알아."

"이미 저는 한국 작가협회랑 상의도 했고 조언도 받았기 때문에 빠삭하게 다 알지만, 원래 조언받기 전에도 규정은 다 알고 있었지만, 말하기가……. 제가 말하면 싸울 게 뻔하니까 안 한 건데 이딴 식으로 나오니 참……."

"그래, 그래."

"근데 제가 화 하나도 안 내고 정중하게 그냥 들어주고 들어주고 차분하게 얘기했더니 오히려 먹히더라고요. 이 사람이 듣다가 분위기가 이상한 걸 약간 감지한 거 같아요."

"그 사람이? 아, 감각이 빠른 놈이긴 하다."

"네. 감각이 빨라요. 딱 보고 사사삭 바꾸더라고요. 사실 오고 간 대화는 장난 아니었는데 약간 웃긴 것도 있었어요. 이 사람이 살짝 굽히다가 독서 모임 인큐베이팅, 그건 좀 하면 안 되냐고 또……."

"허허허."

"그래서 제가 '안 한다고요. 제안은 하실 순 있는데 강요를 하실 수는 없고, 문학 프로그램 운영하는 거는 저한테 전권이 있습니다. 다른 걸 제안하시면 제가 살펴보고 괜찮으면 할 수 있어요. 글고 강의 시간이랑 날짜도 수정할 수 있는데 무리하게 요구하시면 안 됩니다.' 얘기했더니, '그건 작가님 생각이고 주 5일 근무인데 왜 3일 근무를 못 하냐? 그러면 이틀만 근무하겠다는 거냐?'면서 막 따지더라고요. '아니, 이보세요. 이틀 근무하겠다는 게 아니고 이틀 강의를 하겠다는 얘기고, 나머지 시간은 집필도 하고 강의도 준비하고, 작은 서점 프로그램도 기획하고 잘 되는지 살펴보고, 독자와 만날 수도 있는 것이고……. 제가 출근 안 한다고 했습니까?' 뭐 이런 식으로 얘기하니까 한숨을 푹푹 쉬고 혀를 끌끌 차더라고요. 감히 니가 나한테 개겨? 그니까 이 사람은 근무 시간엔 무조건 강의를 해야 한다고 알고 있었던 거죠. 하루 최소 3시간 집필활동을 보장해야 한다는 규정도 몰랐어요."

"아……."

"논리적으로 맞받아치고 정확히 얘기하니까 결국엔 꼬리를 내리더라고요. 원래 계획대로 하자고……. 딱 보고 아닌가 싶은 거예요. 갑이 내가 아닌가? 사람 속을 확 뒤집어놓고선 이제 와서 원래대로 하자고 하니 진짜 웃겼죠. 근데 독서 모임 인큐베이팅은 절대 포기 못 하겠다고⋯⋯."

"대단한 양반인데?"

"원래 계획대로 하되 그건 꼭 해야 된다고 간곡히 얘기
하더라고요. 안 하면 자기한테 실질적으로 도움이 안 된
다. 책 판매량이 늘지 않는다."

"서점을 위해서 하는 걸로 알고 있네? 이건 작가를 위
해서 하는 거야."

"네, 맞아요. 그래서 제가 그랬죠. '독서 모임 인큐베이
팅이 아닌 다른 프로그램은 하나도 도움이 되지 않는다고
하셨는데, 그러면 다른 서점 상주작가들이 글쓰기 강의하
고 독서 모임 하는 거는 아무 쓰잘데기 없는 짓입니까? 저
는 서점에 도움이 된다고 생각합니다. 그리고 한국 작가
협회에서 월급 주지, 서점 대표님이 월급 줘요?'"

"나라에서 이 예산 써가면서, 작가들이 그 시간 내가면
서, 그렇게 사람들을 불러오면서⋯⋯. 그니까 서점은 사
람들이 오는 것 자체가 영업에 도움이 되는 거라고. 글고
지들이 솔직히 뭘 한 게 있다고 그런 혜택을 받아야 돼?
작가들 땜에 받는 거라고. 원래 작가 복지사업으로 시작
이 된 거고. 앞뒤를 그놈은 거꾸로 생각한 거야."

"예, 예. 월급 얘기하니까 서점 대표가 '그건 아닌데 제
일문고 이름으로 월급이 나간다고 생각을 하고 있고, 또

작가님은 월급을 200만 원 받지만 우리 서점 직원은 200
만 원도 안 되는 월급을 받고 있고…….'"

"이 쉐끼, 최저 임금도 안 주고 있네?"

"헤헤. 자기도 이것저것 떼면 월급이 90만 원밖에 안 된
다고 얘기하더라고요."

"구라치지 말라고 해. 개소리 말라고 해. 그렇게 영악
한 놈들이……."

"이 사람은 건물주예요. 서점 옆에 두 군데 세를 내놨어
요. 세 받는 것만 해도 솔찬히 될 텐데……."

"글고 그 자영업자들, 사장들 뭐 장사 안된다느니…….
물론 실제 그런 경우도 있는데 믿을 얘긴 아니야. 그냥 지
나가는 말로 듣는 거야. 왜냐면 실제 버는 돈은 절대 얘기
안 해. 우리 아버지도 그랬어."

"네, 맞아요."

"항상 만나면, 사람들 얘기하면, 요즘 어렵다, 맨날 어
렵다고 그러지. 평생 살아오면서 아버지가 장사 잘된다고
하는 거 한 번도 못 봤어. 원래 그래, 사업하는 사람들이."

"그러면서 월급 200만 원 받으시는데 이틀만 강의하면
되겠냐, 이렇게 얘길 하는 거예요. 쉽게 말하면 놀고먹겠
다는 얘기 아니냐는 거죠."

"이야……. 작가들 땜에 돈 버는 데가 서점 아냐? 진짜

마인드가 좆같네."

"제가 얼마 전에 구미 다녀왔잖아요? 그때 이미 직감이 온 거죠. 프로그램을 늘려서 열 받는 것도 있었지만 그게 핵심은 아니었고, 핵심은 뭐였냐면 철저한 갑질이었어요. '무조건 매주 3일 7강을 해달라. 이틀은 절대 안 된다.' 완전 갑의 입장에서 얘길 해버리는 거예요, 첫판부터. 솔직히 작가가 갑도 아니고, 그렇다고 을이 돼선 안 되고, 서로서로 약간 존중해주는 게 있어야 하는데……. 글고 이렇게 되면 나는 7개월 동안 질질 끌려가겠구나. 이 사람이 뭐 해달라고하면 다 해야 되고."

"그렇지. 하다 보면 이거저거 생기는 것들이 있다고."

"맞아요. 갑자기 저한테 책 두 권 주더니 리뷰 써달라고 아주 쉽게 얘기하데요. 말은 그렇게 하는데 그냥 해라, 이 말이었어요. 이건 저한테 도움이 되는 거니까 상관없긴 한데 순간 촉이 온 거죠. 아이 씨발, 똥 밟았다. 어쩐지 씨발, 원룸도 준다글고……. 생판 모르는 사람이랑 같이 일을 해야 되니까 혹시나 해서 걱정도 좀 됐었죠. 이렇게 나올 줄은 몰랐어요."

"그래, 그래."

"글고 은근히 저를 애송이 취급해요. 무시하는 거죠. 어떤 신인 작가를 아냐고 하길래 모른다고 했더니 독서력이 심각하다고 폄하를 하더라고요. 일반 사람도 아니고 작가한테 그런 얘길 해버리면 상당히 자존심 상할 수 있는……. 근데 서울 올라가서 면접 볼 때 제가 안에 한창훈 소설가님 있다고 하니까 한창훈 소설가가 누구냐고 글더라고요. '홍합' 쓰신 분이요, 그랬더니 고개를 갸웃거리는 거예요. 아니, 한창훈을 모르는 게 심각한 거지……. 신인 작가는 모를 수도 있는 건데……. 모든 걸 지 입장에서 판단하더라고요."

"원래 걔는 그런 마인드고 자기가 생각하는 것 외에 남의 생각은 중요하지 않아. 자기보다 갑인 사람이 하는 얘기는 굉장히 중요하겠지."

"예, 예. 한국 작가협회에서 작가를 교체할 수 없다고 얘기하니까 완전 넙죽 엎드리더라고요. 아, 그럼 원래 계획대로 하고 독서 모임 인큐베이팅 포기하겠다고……. 월세 지원은 없던 일로 하자더니만 다시 말을 바꿔서 지원해준다고 글면서 인자……."

"나는 이런 생각을 했어. 어제 얘기하려다가 말았는데……. 그 월세 지원해주면서 어떻게 보면 좀 옭아맨다고 해야 되나?"

"미끼요, 미끼. 하하."

"줄 걸 주고 확실히 갑의 위치에 서버리는……. 너 성격

정도 되니까 저기한 거지, 대부분의 작가는 '저쪽에선 방까지 알아봐 주고 그러는데 내가 너무 인색한가?' 막 이런 생각을 하거든."

"예, 예."

"냉정하게 생각을 해야 되는데……. 어떻게 보면 그런 인간의 좀 좋은, 선한 심리를 야비하게 이용해 먹는 놈일 수 있겠다는 생각도 한편으론 들긴 하더라고."

"예, 야비한 놈이에요. 제일문고 페이스북에 '상처를 치유하는 고전의 지혜' 뭐 이런 주제로 인문학적인 얘기를 잔뜩 써놓고……. 진짜 인문학의 핵심은 상대방 배려하는 건데 이 새끼가……."

"그렇지."

"실제 말할 때는 타인 감정 배려 안 하고 그딴 식으로 말하더라고요. 나 말고 다른 사람이랑 얘기할 때도 그랬겠다, 생각이 팍 들었어요."

"그럼, 그럼."

"그리고 또 하나 열 받았던 게 뭐냐면……. 구미 갔을 때 제일문고랑 협업하는 작은 서점 두 군데 중에 한 군데를 서점 대표랑 같이 갔는데 약간 실례되는 발언을 하더라니까요. 아, 이번에 유명세는 없으니까 실질적인 도움이 되는 방향으로 나간다, 뭐 이런 식으로."

"하하하."

"아니, 작가가 바로 앞에 있는데 굳이 그걸 얘기하고…….
심지어 웃으면서 얘기하더라고요. 아, 뭔가 좀…….."

"그래, 그래. 전형적인…….."

"연세대 대학원 나왔어요. 글면은 지도자 과정 밟았을
거란 말이에요. 그니까 철저히 경영자 마인드인 거죠. 원
래 서울 신림동에서 일하다가 2016년에 구미로 내려와서
제일문고를 열었어요. 책 한 권 냈다길래 저는 인문학적
소양이 아주 탁월하고 작가를 존중하는 사람인가보다 했
는데, 개뿔은……. 책하고는 영 상관없는 그냥 장사꾼이
었어요. 근데 가보면 정말 잘 돼 있긴 해요, 시스템이. 하
하하. 좀 놀랐어요."

"오, 그래?"

"글고 전에 제일문고 상주작가가 최고성 시인이었는데
최고성 시인을 막 까더라고요. 서점에 실질적인 도움이
하나도 안 됐다, 작가가 하고 싶은 강의만 했다, 꽤 괜찮
은 시집을 세 권 내긴 했지만 창비나 문지(문학과 지성사)
에서 내지 않았기 때문에 그리 대단한 작가는 아니다, 뭐
이런 식으로. 최고성 시인 정도면 그래도 나름 문단에서
이름 있는 분인데……. 서점에서 공지영이랑 얼굴 마주하
니까 지가 공지영급인 줄 아나……. 지가 대단한 사람이

라고 하더라고요. '한번 검색해 보세요. 제가 서점 최초로 한 거 여러 개 됩니다.' 그러면서."

"이제 광주에서 후배를 만났어. 글 쓰는 후배지. 후배 여동생이 중앙대 대학원을 나왔어. 첼로 전공이야. 그래서 지금은 천안시립예술단 단원이거든. 굉장한 실력자들이 가는 데가 바로 여기야. 서울보다 더 높게 쳐준다고. 얼굴도 되게 예뻐. 암튼 그랬는데 몇 달 전에 결혼했어. 군산에 있는 해양연구원 직원이랑 결혼했다고 하더라고. 올해 서른아홉이니까 상당히 늦은 거지. 일찍 결혼할 거라고 봤는데 늦은 이유가 뭐냐면……. 의사네 뭐네, 좀 있는 남자들 만나보면은 한 마디로 좃같은 거야. 뭔가 이해할 수 없는, 자기만 생각하는……. 도저히 안 맞는 거지."

"예, 예."

"음악 쪽은 과외비가 엄청 쎄잖아? 돈은 잘 벌었어. 타워팰리스에서 과외를 하는 거지. '요새 경제도 어렵고 청년들 취업도 어렵다.' 뭐 이런 얘기 하면은 타워팰리스 아줌마, 그니까 학생 어머니가 이해가 안 된다는 듯이 '어? 그래요? 아니, 안되는 게 어딨어요? 하면 다 되는 건데 왜 그러지?' 이런다는 거야. 하하하. 실패하거나 좌절해 본 경험이 이 사람들은 별로 없는 거야. 환경 자체가 뭐든 되는 어떤 거니까."

"저도 좀 비슷한 거 있었어요. 한 분은 교수님이고, 또 한 분은 영어학원 원장. 여행 모임에서 알게 된 분들인데 얘기가 잘 통하고 저랑 친했어요. 하루는 셋이서 레스토랑에 갔는데 레스토랑 직원이 물을 나르다가 실수로 엎질렀어요. 그걸 보고 이 두 분이 뭐라 그랬냐면……. '아이고, 그러니까 저 나이에 종업원 하지.' 부자지만 그런 마인드가 없을 거라고 저는 생각했는데 무심코 탁 터져버린 거죠."

"그니까 거기 타워팰리스도 좀 재밌는 게 뭐냐면……. 아들내미도 똑같애. '그냥 하면 되지 않아요? 선생님은 좀 패배주의자 같아요.' 작가 지망생한테 '열심히 해서 창비 같은 데서 데뷔하면 되잖아요?' 이렇게 말하는 거랑 똑같아."

"네, 맞아요."

"그래서 결론이 어떻게 된 거야? 최종적으로 자네가 그럼 이렇게 합시다, 뭐 이런 제안을 했어?"

"박민정 담당자님한테 제가 다시 전화했어요. 어떻게 하는 게 좋냐고 조언을 구하니까 두 가지를 얘기하시더라고요. 서점 대표가 최초 계획대로 한다고 했으니까 최초 계획대로 거기 가서 할 수 있으면 하시고, 아니면 이 사업을 아예 포기하는 수밖에 없다고."

"서점을 바꿀 순 없다는 거지?"

"저는 아무 잘못도 없는데 피해를 본 거기 때문에, 월급 받으면서 강의하고 집필할 수 있는 소중한 기회를 박탈당했기 때문에, 혹시 서점을 다른 데로 선정해서 제가 거기에 갈 수는 없냐, 이렇게 물어봤어요. 그랬더니 도서관 상주작가는 별도로 뽑기 때문에 도서관을 바꾸면 되는데 이 '작은 서점 지원사업'은 상주작가를 따로 뽑는 게 아니라 같이 뽑는 거라서 그렇게 할 순 없다고 얘기했어요."

"어."

"하루 고민해보시고 포기할지 말지 결정해서 얘길 해달라고…… 그렇게 얘기가 끝났어요."

"오케이."

"서점 대표한테는 제가 수요일에 전화 준다고 했어요. 저랑 협의할려고 하더라고요. '원상태로 돌립시다, 아무 일도 없던 것처럼.'"

"서점은 뭐 어떤 형태든 하는 게 무조건 좋거든. 왜냐면 한국 작가협회에서 매월 70만 원씩 주지, 작가가 와서 무료로 프로그램 진행해주지, 무조건 이득이야."

"예. 꿩 먹고 알 먹기죠, 사실. 땡전 한 푼 안 들이고…… 이 일이 있고 난 뒤에 곰곰이 생각해보니까 김희중 작가님이 얘기한 게 정확히 맞아요. 작가가 강의할 수 있도록 공간만 대여해주면 되지, 지가 뭐라고 이래라저래라…… 그럴 권한이 없다는 거예요."

"그래, 그래."

"연지 도서관이랑 똑같아요. 내가 월급을 주니까 맘대로 부려먹을 수 있는 권한이 있다, 뭐 이런 논리죠."

"연지 도서관에서 월급 준 거 아니잖아. 문예위(문화예술위원회)에서 준 거잖아."

"네. 근데 담당 사서가 끝까지 지들이 월급 준다고…… 제가 막 따지니까 문예위에 물어볼 테니 당신은 찌그러져 있으라고 했어요. 개또라이여서 어디서든 뒤지게 얻어터질 여잔데 이 서점 대표는 그 여자보다 더하면 더했지 덜한 양반은 아니었어요. 기본 마인드는 갖고 있을 줄 알았는데……"

"자네는 지금 일을 시작도 안 한 상태에서 당한 건데 실제 이 양반하고 일을 같이했으면 정말 장난 아니었을 거야."

"예, 천만다행이에요."

"관공서는 어떤 갈등 상황을 항상 피하려고 하는 성향이 짙은 곳이지만 서점은 사기업이라서 완전 달라."

"박민정 담당자님이 혹시 괜찮으시면 가실 의향이 있냐고 한 번 더 물어보시더라고요. 저한테. 악의 구렁텅이로

어떻게 들어가겠어요? 제가 가면 도와주기는커녕 은근히
갈굴 텐데……. '드루와, 드루와. 칼 찔러줄 테니까.' 가면
클나죠. 가면 병신이지. 글고 거기 가면 제가 몸을 의탁
하는 거라서 또다시 그 사람이 갑질을 할 수 있는 여건이
마련되기 때문에……. 온갖 꼬투리 잡아서 한국 작가협회
에 신고할 수 있어요. 작가가 이상하다고 여기저기 엄청
소문내고……."

"허허허."

"어제 좀 생각을 해봤는데요. 서점 대표가 저한테 갑질
을 했기 때문에 이 사업이 어그러진 것이고, 글면 그 책
임은 전적으로 서점 대표가 져야 되는 거고, 억울하게 제
가 피해를 봤기 때문에 한국 작가협회에 진정서를 제출해
서 '다른 방안을 좀 강구해주시면 안 되냐' 이런 식으로 한
번 얘길 해볼까, 잠깐 생각했고요. 전 아무 힘도 없고 한
국 작가협회에 아는 사람도 없으니까 선배님이랑 김희중
작가님한테 제 뜻을 전달해달라고 부탁해볼까, 그런 생각
을 잠깐 해봤어요."

"그거는……. 그 방식보다는……. 민정 씨가 생각이 깊
은 친구고 또 착해. 성균관대 철학과 석사 학위 받았어."

"어쩐지 좀 냉철하시더라고요."

"굉장히 이성적이라고, 성격이. 이게 작가들을 위한 좋

은 프로그램이고 잘해보고 싶었는데 아무래도 이 관계 속
에서 하긴 어려운 거 같다. 근데 억울한 생각이 든다. 내
가 할 수 있는 또 다른 방법이 있냐는 식으로 슬쩍 얘기를
해. 진정서를 내면 공적인 차원으로 좀 크게 들어가는 거
라 그렇게 뉘앙스가 좋진 않거든."

"저도 그거 좀 걱정했어요."

"이거 말고도 온갖 민원이나 회원 불만 사항 많다고. 너
무 무리하게 하지 말고 의견을 구하는 식으로……. 민정
씨가 회장님한테 '여기는 이런 문제가 있습니다' 객관적으
로 말을 잘 할 거란 말이야. 그러면 내년에 제일문고는 페
널티를 받게 되지. 그리고 다음번에 뽑을 때 자네 억울했
던 거를 좀 감안할 거야. 그게 자연스런 거야."

"예, 예. 근데 어제 물어봤는데 안 된다고 이미 답을 줬
거든요, 저한테. 입 아프게 다시 얘기하기가……."

"그럼, 어려워. 탈락한 네 군데 중에서 1순위가 할 수
는 있겠지. 내가 나중에 민정 씨 만나면 니 얘기 잠깐 할
게. 그 과정에서 나하고 김희중 형이 조언을 좀 줬다, 억
울한 사례다, 이 정도. 그니까 니가 이걸 빠지는 과정에서
좀 무리하게 해서 안 좋은 인상을 남기면 내가 얘기하기
가 약간 더 어렵다고."

"아……. 무슨 말인지 알겠어요."

"때론 조금 비워놓는 게 필요해. 우리가 살아가면서 진짜 하고 싶지만 양보하며 비워놓는…….."

"아무리 봐도 안 하는 걸로 정리를 해야 될 거 같아요. 그 방법밖에는……. 글고 제가 일 안 해도 어차피 실업급여를 넉 달 받아요. 뭐, 상관없어요. 대신에 오늘이든 내일이든 박민정 담당자님한테 '나중에 한국 작가협회에 지원했을 때 저한테 피해가 안 가게끔 해주셨으면 좋겠다.' 이 말을 꼭 하려고요."

"그 말 안 해도 돼."

"안 해도 돼요?"

"내가 민정이한테는 충분히 얘기를 해놓을게. 굉장히 열심히 하는 후배고, 뭐 이런저런 얘기 해노면 돼."

"이 사업을 포기하게 되면 문체부(문화체육관광부)에 보고를 해야 된대요. 서점 대표와 작가의 갈등으로 인해 포기하게 되었다, 이런 식으로. 그래서 혹시 피해가 오지 않을까, 노파심이 들어서…….."

"그러면 자네가 좀 우회적으로 얘길 해. 그만두게 되면 추후에 사업 신청할 때 페널티가 있냐, 이렇게……. 이 안에는 '페널티가 없게 신경 좀 써주시면 좋겠다.' 이게 포함된 거야."

"맞네요."

"막 너무 있는 그대로 얘기하면 좀 부담스러워한다고. 그런 거 싫어하는 사람도 있고."

"예, 예. 암튼 한국 작가협회는 작가들 입장을 많이 알고 있고, 그래서 그런지 문예위랑은 차원이 달랐어요. 사실 연지 도서관이든 여기 서점이든 똑같은 일이 벌어진 건데 문예위는 그냥 얘기 좀 들어주고 '그만 싸워, 얘들아' 하고 가버렸거든요. 해결해준 게 아무것도 없었어요. 근데 한국 작가협회는 규정에 대해서 딱딱딱 얘기해주고 이렇게 하시면 안 된다고 정확하게 대변을, 제 편을 든 게 아니라 대변을 해준 거잖아요. 문예위는 그런 걸 안 해가지고 솔직히 짜증이 났던 거죠. 하하하. 암튼 뭐 그렇게 됐습니다."

"그래. 고생 많았네. 좀 쉬면서 한 번 더 생각 좀 가다듬고 내일이나 모레에……."

"내일 전화 달라고 하더라고요. 안 한다고 해야죠. 내일 전화 할려고요."

"그래."

"네, 알겠습니다. 선배님, 들어가세요."

"어."

작가의 말

    얼마 전 나는 경찰서에 다녀왔다. 의료 사고를 당한 사촌 형님의 진술을 대신 전달하기 위해서였다. 난생처음 조사를 받은 것인데 큰 충격을 받았다. 조사 와중에 나는 벌떡 일어나 따져 물었다. "지금 뭐 하시는 겁니까!" 조사관의 언행이 너무나 편파적이었기 때문이다. 피의자와 마주 보고 있는 게 아닌가, 하는 착각이 들 정도였다. 조사관은 철저하게 피의자 입장을 대변했고 사촌 형님에게 불리한 답변을 유도했다. 피의자로부터 돈을 받지 않고서야 정말 이럴 순 없었다. 쫄병 다루듯 하는 태도도 영 못마땅했다. 육군 대위 출신을 이렇게 무시하다니!

    천천히 되짚어보니 조사관이 나에게 갑질을 한 건 맞지만 어찌 보면 조사관은 을이라는 판단이 섰다. 피의자인 갑의 사주를 받았으니까. 나는 을도 아닌, 병이나 정이었던 셈이다. 이 세상을 지배하는 갑이 느긋하게 뒷짐을 지고서 을과 병과 정의 싸움을 애처로운 눈길로 내려다보고 있는 게 아닐까?

책 제목이 『을의 반격』이라서 독자들은 뭔가 속 시원한 이야기일 거라고 오해했을 수 있다. 그러나 실은 한 편만 빼고 죄다 반격은커녕 완벽하게 갑질 당한 이야기다. 주인공 '나'는 군대, 직장, 도서관 등등 여러 곳에서 당하고, 당하고, 계속 당한다. 한편으로는 이러한 이야기가 내 손끝에서 태어나 세상에 얼굴을 들이민다는 것 자체가 진정한 의미를 지닌 『을의 반격』이 아닌가 싶다.

세상은 참 거시기해도 힘을 내야 한다. 진짜 아니다 싶으면 과감하게 밀어붙여 갑에게 회심의 일격을 가해야 한다.